［著］ニト　［画］ゆーにっと
3
行き着く先は
勇者か魔王か
元・廃プレイヤーが征く異世界攻略記

メイサ
ポッタチオ

ジンク
間宮悠人／ロキ

「こちらが男性ハンター向けの装飾品になります」
「魔力回復ポーションはこっちが『微小』回復、こっちの少し濃度が濃い方だと『小』回復じゃな」

行き着く先は勇者か魔王か

元・廃プレイヤーが征く異世界攻略記

3

［著］ニト　［画］ゆーにっと

WILL YOU END UP
AS A HERO OR A DEMON KING？
FORMER GAME JUNKIES
CONQUEST IN ANOTHER WORLD

CONTENTS

第16話　始動

日の沈みかけた夕暮れ時。

俺は疲労が蓄積した身体《からだ》を引き摺《ず》りながら、川辺に続く崖を眺めていた。

「ん～ここでも寝床が作れそうか」

見上げる崖は高さ５ｍまでいかない程度。

川の片側だけに存在しており、森の入り口から１㎞も入り込んでいないはずなので、計画を遂行する上では好条件なのだが……

壁面が岩ではなく全面土であり、唯一そこだけが俺の中で気掛かりだった。

パルメラ大森林で１泊したような、都合の良い洞穴はそう簡単に見つからない。

ただ連戦に次ぐ連戦で足や手に若干の震えまで出ているこの状況では、より良い環境を求めてもっと奥へ――、などという気力が湧き上がってこなかった。

「オークの図体《ずうたい》を考えれば３ｍくらいのところに穴を空ければ大丈夫かな……」

そう判断するやいなや川の中へバシャバシャと入り、拠点作りの準備を進める。

『高さ、３ｍの、石柱を、生成』

ズズズズッ……

ロッカー平原で、自分の足元ではなく座った状態のお尻に石柱を作れば、より安定して上に運ばれると知ってからはもっぱらこのやり方だ。

石柱に座ったまま自分の高さが３ｍ近くまで迫《せ》り上がったので、次に崖の一部を見つめながら穴空け作業を開始する。

『大きい、穴を、形成』

ボコボコボコボコッ……

うーん、ちょっと狭いし歪《いびつ》か。

出来上がったのは高さ１ｍ、奥行き２ｍ程度のポッカリ空いた穴。

寝る分には問題なさそうだが、ここで焚火《たきび》をして食事もとなるとちょっと心許《こころもと》ないし、何より凹凸の酷《ひど》い土が剝《む》き出しの地面は非常に気になる。

しかし……

ステータス画面を確認すると、魔力量は付与付きの剣を持っているのに残り『29』。

もう少し改造したいが魔力がない。

というか今の作業でもう昏睡《こんすい》一歩手前の危険域である。

ルルブの森は、ロッカー平原と違って常に軽い魔法を唱えながらの移動狩りだ。

自動回復はあったとしても使用する量の方が多く、まだまだ全快には程遠い状況であった。

「しょうがない。とりあえず拡張作業は後回しにて、今必要なモノを優先するか」

そう判断し、一度穴倉を出てからもう１つ、高さ１．５ｍほどの少し細い石柱を生成。

そしてすぐにその石柱を何回か倒し、川の底に沈めてみる。

「よし……簡単に割れたり、流されたりすることはないかな」

今作った小さい方の石柱は、拠点の穴倉に入るための足場用だ。

このままでは魔物も入れないが自分も入れず、かと言って毎度毎度3mの石柱を生成して出入りするわけにもいかない。

そんな無駄遣いができるほど俺の魔力は潤沢ではないのだ。

しかし1．5m程度の高さなら少し無理をすればよじ登れるし、多少なら動かせるので、寝ている最中魔物が利用しないよう川底へ隠しておくこともできる。

狩りで疲れ切った身体にはこの程度のことでも十分応えるが、町での便利な生活を捨てたのは自分自身。

これも強くなるための近道だと、気持ちを奮い立たせながら周囲を徘徊《はいかい》し、時折現れる魔物を捌《さば》きながら枝や石を拠点に運び込んでいく。

そして――

『火』

なんとなくのイメージで作り上げたお手製の竈《かまど》に点火し、予《あらかじ》め用意していたオーク肉を炙《あぶ》り始めたところで、ようやく緊張が途切れたように大きく息を吐いた。

「ふぅー……まだ最低限だけど、それでもとりあえずは形になってきたかな……」

収入と経験値のどちらも追い求めた最高効率の仕組みは無事に出来上がり、あとはアルバさん達《たち》の動き次第。

拠点に関しても、食と睡眠という最低限の土台はこれでクリアできたと言ってもいいだろう。

あとは、拠点をどこまで拘《こだわ》るか。

それもここに滞在する期間次第かなと、まずは今日の戦果を確認すべく一度ステータス画面を確認する。

名前：ロキ（間宮悠人《まみやゆうと》）　レベル：13　スキルポイント残『66』　魔力量：18／166（98＋18＋装備付与50）
筋力：67（47＋20）　知力：59（48＋11）　防御力：158（46＋112）　魔法防御力：55（46＋9）
敏捷《びんしょう》：69（46＋23）　技術：57（45＋12）　幸運：58（51＋7）
加護：無し
称号：無し
取得スキル
◆戦闘・戦術系統スキル
【棒術】Ｌｖ3　【剣術】Ｌｖ3　【短剣術】Ｌｖ1　【挑発】Ｌｖ1　【狂乱】Ｌｖ1
◆魔法系統スキル
【火魔法】Ｌｖ2　【土魔法】Ｌｖ3　【風魔法】Ｌｖ4
◆ジョブ系統スキル

【採取】Ｌｖ１　【狩猟】Ｌｖ２　【解体】Ｌｖ２
◆生活系統スキル
【異言語理解】Ｌｖ３　【気配察知】Ｌｖ３　【視野拡大】Ｌｖ１　【遠視】Ｌｖ１
【探査】Ｌｖ１　【算術】Ｌｖ１　【暗記】Ｌｖ１　【俊足】Ｌｖ１　【夜目】Ｌｖ２
◆純パッシブ系統スキル
【毒耐性】Ｌｖ７　【魔力自動回復量増加】Ｌｖ１　【魔力最大量増加】Ｌｖ１
◆その他／特殊
【神託】Ｌｖ１　【神通】Ｌｖ２
◆その他／魔物
【突進】Ｌｖ４　【粘糸】Ｌｖ２　【噛《か》みつき】Ｌｖ３

ふーむ。

ルルブの魔物が所持しているスキルは【棒術】がレベル３に【突進】がレベル４、それに【粘糸】や【噛みつき】なんかも順調にレベルが上がってきている。

まだ半日程度とはいえ、あれだけ魔物が群がっているんだ。

狩りまくっていれば勝手にレベルも上がるというもの。

しかし――、ある程度取得スキルが増えてくると、既存スキルはどのレベルが上がったというのがかなり分かりづらいな。

特に乱戦の時はアナウンスを確認している余裕がないので、ここで黙っていても上がるスキル以外では、途中で【剣術】スキルが上がったくらいしか覚えていなかった。

どんぐりが『凄《すご》い』と太鼓判を押すくらいだし、ステータス画面を見直した時にスキルレベルが上がっていたら、『New』の文字でも横に付いていてくれれば便利なんだが……

まぁそれはいいとして。

「ポイズンマウスみたいな、突出してレベルの高いスキルを持っている魔物は無し。それに常時使用が前提になるほど超有用スキルもここじゃ無しかな……」

【夜目】は場面によって必須級になるだろうが、その程度。

となると、ルルブの森のゴールはスキルレベルというより、自身のレベルをどこまで上げるかで判断した方が良いかもしれない。

今日一日狩って既にレベルは『2』上昇。

これは俺のレベルが明らかに適正、もしくは適正以下だったんじゃないかと予想できる上がり幅だ。

あとはどの辺りでレベル上昇のストップが掛かり始めるか。

そのうち半月ほど、丸一日狩り続けても上がらなくなる時が来るはずなので、1日の経験値上昇が20%――いや、10%を下回ったらここは卒業。

とりあえずそのくらいの目安で考えておくとすると……

「1ヶ月はないにしても、20日くらいならここに滞在する可能性もあるか」

ロッカー平原の時のペースを考えると、それくらいの時間が掛かってもおかしくはない。

となると、拠点もそれなりの快適性は求めたいわけで。

「……やっぱり、風呂だよなぁ」

汗と血に塗《まみ》れた自分の姿があまりに酷いというのもあるし、この疲労を少しでも軽くしたいという気持ちもある。

人のいないこんな環境だからこそ、誰に迷惑を掛けるでもなく、好きに試してみたっていいのかもしれない。

滴る脂で勢いが増し始めた炎をボンヤリと眺めながら、1人そんなことを考えていた。

▽　▼　▽　▼　▽

ロキがまだルルブの森で1人奮闘している頃。

日が沈むには少し早い時間帯にベザートへ到着したアルバ達一行は、ミズルの提案で裏口ではなく正面入り口からハンターギルドに入っていく。

季節は夏ということもあって日が長く、まだ狩りに出ているハンターも多くいるが、それはパルメラ大森林やロッカー平原に通う者達。

ルルブに通うEランクハンターは移動に時間が掛かるものの、オーク1体を狩れば即帰還という短期集中型の狩りをしている者達が多く、もうこの時間なら何組かは戻って酒でも飲んでいるだろうと、そう踏んでいたわけだが。

「え？」

「アルバにミズル達も、全員籠なんか背負って何やってんだよ？」

「いや……それより籠の中身だろ。なんだよ上からはみ出ているソレは！」

予想通りの反応が返ってきたことで、ミズルは自慢気に口角を上げる。

「俺達はハンターなんだから、当然中身は魔物の素材に決まってんだろう？　しかも全てオーク肉の特上部位、隙間には討伐部位やら魔石も大量に詰まってるから、もう肩が痛くてしょうがねぇよ」

「なに？　全部オークの肉だと？」

「しかも特上部位って……お、お前ら、そんな素材どこから……」

「……朝、例のガキが籠を背負った集団引き連れて北門を抜けたって噂《うわさ》が流れてたが、そうか、お前らだったのか」

「ああ。そしてこれほどの戦果を得られたというわけだ」

見えやすいよう、アルバが籠を地面に下ろすと、換金待ちや食事処《どころ》で酒を飲んでいたハンター達、それにハンターギルドの職員までもがゾロゾロと集まってくる。

――例のガキがやったのか？

――なぜお前達が素材を持っている？

――いったいいくらになるんだ？

様々な疑問が飛び交うその様子を見て、任せたと言わんばかりにマーズの背中を押すミズル。

そしてマーズは深く溜息《ためいき》を吐《つ》きながらも周囲を見回した。

「そんなに興味があるなら、皆さんも参加されたらいいんじゃないですか？」

「「「え？」」」

「決められたルールは簡単で、彼が倒した魔物素材をルルブの森から回収、ギルドに運んで卸すことで売価の7割は僕達が、残り3割は森で魔物を倒し続けている彼が得るというものです。なので普段から通っているEランクハンターは楽に感じるはずですよ？　彼が虱潰《しらみつぶ》しに狩ってくれているので、生きた魔物に出くわすこともそうありませんしね」

そう告げると、籠の中身を眺めていた3つのEランクパーティが強い反応を示す。

「マジかよ……碌《ろく》に狩りもしないでこんな大量の素材が……」

「あの坊主、自分じゃとうとう素材を持ち帰れなくなって、人に頼り始めたってことか」

「そういうことだろうが……さすがに俺達まで参加しちまったら素材が足りなくなるんじゃないのか？」

「もちろん、あまりにも参加される方が多ければそうなるんでしょうけど、今のところは明らかに人手が足りていないですね。それくらい彼の殲滅《せんめつ》速度は速いですし、今回足を運んだ場所は魔物も多くて――」

意外と慎重なんだな。

マーズはそんなことを思いながら続く質問に応じていると、背後から唐突に背中を叩《たた》かれる。

「待たせたな。アルバの籠以外は全部素材を卸して計算してもらってきたぜ」

「リーダー、どうでした？」

「くくっ、置いてあるソレ抜きでも1人当たりの取り分が16万ビーケだってよ！　たった1日、しかも〝1段階目〟の時点でこれなんだからもう笑いが止まらねぇ……！」

「ははは、エンツがロキ神と呼ぶ理由も分かりますね。というわけで皆さん、さっきも言ったように今はまだ人手が足りていない状況なので……早い者勝ちですよ？」

彼らにとって、そして自分達にとっても、一番分かりやすいのは具体的な収入だ。

狙ったようにマーズがそう告げると、血相を変えて目の前のEランクハンター達が参加を表明する。

「と、当然参加だ！　参加するに決まってるだろ！」

「俺達4名も参加するぞ！　素材がそこら辺に落ちてんなら片っ端から拾ってきてやる！」

「俺達もだ！　自分の身は自分で守り、金は狩場に突入する参加者で均等に分ける。その条件に不満はない」

そして――。

「ぼ、僕も参加いいですか……？」

恐る恐るといった様子で手を挙げたのは、ここで換金待ちをしていたGランクハンターの1人だった。

その動きに合わせて、この場に居合わせた数名のFランクやGランクハンター達も参加を表明する。

「もちろん。1人日当2万ビーケはお約束しますから、Eランク魔物の解体経験がある人は解体を、そうでない人は荷車を使って町までの運搬を。僕達が狩場の外まで魔物の素材を運び出しますので、なんなら知り合いにも希望者がいないか声を掛けてみてください」

「やった！　これだけ貰《もら》えるなら母ちゃんも喜ぶぞ！」

「俺、この期間だけ木挽《キコリ》の仕事休むわ」

「うーむ、俺もこれをやっているうちは店を嫁さんに任せるかな……」

Fランクハンターでもパルメラ大森林を主戦場とする者達なら日当1万ビーケ前後。

Gランクハンターともなれば軽い仕事しかないため、日当5000ビーケにも満たないことだってザラにある。

日当2万ビーケ保証の話が出たことでロビーが大いに沸く中、アルバは唯一こちらに興味を示そうとしないパーティに声を掛けた。

「フェザー達はいいのか？」

「ふん、小僧の下についてお零《こぼ》れを貰おうとは……お前らにハンターとしての誇りはないのか？」

「そうは言っても、俺はロキに対しての詫《わ》びも含まれているからな……」

戸惑うアルバを他所《よそ》に、上機嫌のミズルは煽《あお》るように言葉を返す。

「くははっ！　Eランク程度のハンターに誇りもへったくれもねーだろうよ。それよりフェザー、これで俺達のパーティですら、お前達の収入を越えちまうぜ？」

「くっ……お前達が場所を移せば狩場は空《す》く！　２往復すればその程度の収入くらい……！」

「おいおい、他のヤツらの顔が引き攣《つ》ってんじゃねーか。それよりお前らも参加した方が楽に稼げるだろう？　いつまでも続くわけじゃねぇ、期間限定のお祭りみたいなもんだしな」

そう、これは期間限定だ。

いくら稼ぎが良くてもロキが飽きるまでと、そう忠告はされていた。

だが一時的なモノだからこそ、フェザーの気持ちは固まっているようで。

「ふん。百歩譲って、俺達に協力してほしいというのなら、小僧が直接頭を下げに来るのが筋というものだろう。それなくして参加はあり得んと、小僧に伝えておけ」

「はぁ……」

「町に戻ることすら捨てたロキにそんな暇は――」

言葉を返そうとするアルバの肩を、大きく溜息を吐いたミズルが制止するように軽く叩く。

「放っておけ。それこそ、元トップハンターの誇りってヤツが邪魔してんだろ？　んーな面倒臭ぇモン、誰がいるかってんだよ」

こうして参加する者、しない者と様々ではあるが。

俄《にわ》かに盛り上がりを見せつつ、町の方でも着々と準備が進められていった。

▽　▼　▽　▼　▽

ルルブの森に引き籠って2日目の朝。

床に葉っぱを敷いたり簡単な枕を作ってみたりと、魔力を使わない拠点弄《いじ》りを少しだけ進めたあとに森の入り口付近で魔物を狩っていると、ピーッという聞き覚えのある音を耳が拾う。

ミズルさんの口笛――、1回ということは緊急ではない呼び出しだ。

となると、早速例の作戦に進展があったのだろうか？

そう思いながら安全地帯に向かってみると、遠目には30人近い人影が。

それに荷車っぽいモノまで存在しており、アルバさん達の仕事の早さに思わず駆け寄る足取りも軽くなってしまう。

「おはようございまーす！　もうこんなに人が集まったんですか!?」

「おう！　とりあえずハンターギルドにいた連中を誘ってな！」

そのまま自己紹介も兼ねた挨拶を交わすと、Eランクのパーティがこの作戦に3組も加わってくれたようで、これでEランクハンターは計17人に。

また中では活動できないFランクやGランクのハンターも荷運び要員として加わっているらしく、俺よりも少し上くらいの子供から初老のおっちゃんまで、それぞれどこかから借りてきたらしい荷車を準備してくれていた。

そして中には、想定外の人物も。

「ベザートで肉屋をやっているペンゼだ。よろしく頼むよ、ロキ君」

「よろしくお願いします。えーと、お肉屋さん、ですか？」

厚い革の前掛けをしたこのおじさんは、たぶん解体要員としてここにいるんだろうけど、もしかしてオーク肉をそのまま買い取るつもりなのだろうか？

お金の管理が面倒になるようなことはできれば避けたい……

そんな思いでミズルさん達に視線を向けると、代わりに答えてくれたのは頭脳派の後衛職であるマーズさんだった。

「僕が声を掛けたんです。ペンゼさんは解体技術も凄いですけど、何より肉のプロですからね。この夏場にいつ狩られたかも分からない素材を拾ってくるわけですから、解体現場の長として価値の見定めをしてもらってから町に運んだ方が間違いないかなと」

「おお、なるほど……」

「動物ほど強く影響が出るわけじゃないが、それでも数をこなす目的で狩りをしているのなら、満足に血抜きなんてこともできんだろう。個体それぞれでだいぶ状態に違いが出そうだから、その分別のために私がいると思ってくれ」

確かに、この段階でも先ほど狩ったばかりのもいれば、昨夜に狩ったまま放置されているオークだっている。

それに素早く殺すことが目的なので、大量に出血させようとも思っていない。

悪くなった肉をわざわざ運んだってしょうがないし、運べる量は有限。

どうせなら状態の良い肉を多く運んだ方が金になると判断して声を掛けたのか。

いやーやるなぁ、マーズさん……って、あれ？

「アルバさんは？」

知らない人達ばかりで気付くのが遅れたけど、アルバさんが見当たらない。

不思議に思って確認すると、ミズルさんがいつになく真面目な表情で答えてくれる。

「こっちでもいろいろ検討してな。他に碌な選択肢がねぇってのもあるが、ロキが問題ないならアルバはベザートの町に残そうと思ってな」

「あー……換金の兼ね合いで？」

「そうだ。荷車は肉の鮮度を落とさないためにも、積み終わった順に町へ移動させる。となると、どうしたってアルバが町にいなきゃ換金の立ち合いができねーんだよ。元ハンターでもあるアルバの嫁さんに換金を任すなんて案もあったけど、アルバをリーダーに指名したのはロキだし、そもそも嫁さんとは面識もないだろうしな」

「ですねぇ……となるとしょうがないか」

換金はこの作戦でも一番要となる部分。

信用できる人に任せないと全てが崩れてしまう。

「それに――」

「ん？」

「あいつは俺と違って根っからの真面目野郎だからな。この手のうま過ぎる話に人を誘うなら、アイツのようなタイプが一番向いている」

「なるほど、まだまだ誘うつもりだと？」

「まだ声を掛けられていねぇハンターもいるしな。後々になって俺達は誘われなかったたって揉《も》めんのも嫌だから、一通り声は掛けておこうと思っていたが……さすがにこれ以上は過剰だったか？」

挑発的な眼差《まなざ》しでそんなことを言うミズルさん。

はっはっは、上等じゃないか。

なんなら暇人全員ここに呼んできたらいい。

「ふふ、素材が悪くなる前に早く動いてくださいね。今日も6時前から狩り始めてるんで、もうだいぶ溜《た》まっちゃってますよ？」

「くっ……くははっ！　こいつはもっと早起きさせてやらねぇとなぁ！　いくぞお前ら！　回収しまくってロキのケツ追いかけんぞ！」

「「「おう！」」」

それぞれ籠を背負い、一斉に走り始める回収組のハンター達。

その姿を見て、これは俺もうかうかしてられないなと。

笑みを零しながら、皆を追うように駆け出した。

▽　▼　▽　▼　▽

「こひー……こひー……」

歩くたび、自分でも聞いたことのない不思議な呼吸音が口から漏れ出ていた。

暗闇でも少し景色が色付いたように見える【夜目】を多用したせいか。

視界はかすみ、疲労で夕食用に切り取った一塊のオーク肉でさえ、手に力が入らず落としそうになる。

背中から追われているようなプレッシャーを感じて、日が暮れても狩り続けた。

それだけのことだが、気持ちだけ先行し、身体が追いついていないこの状況がなんとも恨めしい。

もっと体力が——それこそゲームのように尽きることがなければ、まだまだ俺は狩れるのに。

「ふ、ぐっ……やべっ、登れないかも……」

しょうがなく河辺から石を拾って段差を作り、死にそうになりながら石柱を這《は》い上がって拠点に帰還。

疲れ過ぎてこのまま寝てしまいたい気分だが、節約を意識したこともあって魔力残量がまだ70近く残っているのだ。

日課の【神通】を使用したとしても、このままでは朝になって溢《あふ》れている可能性が高いため、ひとまず肉を焼きながら使い道を思案する。

「んー……もうちょっと安心して寝られるようにするか」

穴の構造的に、今は足を入り口に向けて寝ている状況だ。

これではオークに足を摑《つか》まれただけでそのまま引き摺り出されそうなので、穴倉をT字形にしてその奥で寝られるよう左右に拡張させていく。

『穴を、形成』『穴を、形成』

ボコボコッ……ボコボコッ……

うん、一応崩れたりしないか土壁にも触れてみたが、穴の形成は土がその場から消えるというより周囲へ圧縮しているのかな？

想像していたよりもだいぶ硬いので、これで安全面は向上。

入り口を見ながら横になることができるし、この穴倉内部は高さがないので、図体のデカいオークはそう簡単に奥へ入ってくることもできないだろう。

寝てもまだ余裕があるので、空いたスペースは装備などの荷物置き場にでもしておけばいい。

あとは風呂をどうするか。

【土魔法】で土だけでなく石も生み出せるのなら、もしや鉄の含有量次第で鉄も生成できるのでは？

そう思って試してみるも――

『鉄板を、生成』

――うんともすんとも言わず。

魔力すら放出されていないので、完全に不発であることをすぐに理解した。

まぁあっさりできたらこの世界に金物屋や鍛冶職人なんていなくなるだろうし、たぶん無理だろうと思っていたのでショックということもないが……

「これで五右衛門風呂っぽいのは無理。となると、やっぱり石でどうにかするしかないよなぁ」

ボンヤリとした輪郭が、こうして徐々に狭まっていく。

少しだけ魔法が使える今の自分に、果たして何ができるのか。

狩りが終わった後の日課として、風呂づくりもまた少しずつではあるが進んでいった。

▽▼▽▼▽

アルバやミズル達の誘いを蹴ってから2日後。

「まさかこんなに早く、狩場から人が消えるとは思わなかったな」

「ああ……」

「兄貴、ここまで静かなルルブは初めてじゃないっすか？」

「……ふん、それだけ俺達が狩りやすくなったってことだ。行くぞ」

普段ならEランクハンター達で賑《にぎ》わうルルブの森東部に、ベザートの元トップハンターであるフェザーパーティは今も通っていた。

ロキが森の中に引き籠って4日目の時点で、このフェザーパーティ以外は祭りへの参加を表明しているため、この時点で誰一人として周囲に存在していない。

その状況を都合よしとばかりに鼻を鳴らしたフェザーは、しかし魔物の解体中にぼろりと本音を漏らす。

「早く俺達に声をかければ、それだけ自分の取り分も増えるだろうに……武の才能に恵まれただけの小僧では、その程度の考えにも及ばないのか？」

「自分は直接見たことないっすけど、まだジンクとかと変わらないくらいの子供らしいっすからね」

「今この時も自分が損をしているという自覚がないのだろう」

「……フェザー、それでも待つのか？」

仲間からの鋭い視線。

フェザーはその問いに仏頂面のまま頷《うなず》く。

「ああ、金だけを見れば向こうは1人当たり16～18万ビーケといったところか……確かに普段の俺達よりかは多いが、だからと言ってこちらから頭を下げて参加を願い出るほどの差でもない。期間が限定されているなら尚更《なおさら》だ」

「確かにな」

「それにここまで狩場が空いているのなら、昨日よりもさらに短時間で狩りを終わらせられる。それこそ俺達だけなら、昼には町に戻れるかもしれん」

「さすが兄貴。そう考えると、楽に稼げているのは間違いなく自分達っすよね」

「だな。それに2往復はさすがに勘弁だが、狩りがこの程度の時間で済むなら、通う頻度を増やしたってそこまで苦にはならない」

「だろう？　俺達はベザートのトップハンターなんだ。頼まれれば同じ拠点の誼《よし》みで協力してやらないこともないが、他の連中のように情けなく尻尾を振って自ら飛び込む必要などない」

この言葉に一同はそれぞれ同意を示す。

フェザーほどではないにしても、各メンバーがトップハンターという自覚とプライドを相応に持ち合わせていたためだ。

しかしこの時誰も、ミズルがあの時なんと言っていたのか、正確に覚えている者はいなかった。

▽▼▽▼▽

ルルブの森に引き籠って5日目。

朝っぱらから肉が焼けていく様子を眺めつつ、俺はどうしたものかと1人悩んでいた。

というのも、4日目終了時点でセイル川の東側500mほどは、森の入り口から今いる拠点辺りまでをほぼほぼ殲滅させてしまったからだ。

このままさらに奥へ入るか、それともまだ手をつけていない川の西側に狩場を変えるか。

どちらを攻めても良《よ》し悪《あ》しがあり、昨夜からはっきりとした答えを出せていない。

もしこのまま川の東側を攻める場合、とりあえず真っ先に言えるのは俺が楽。

これが何よりの利点になる。

風呂のためにも、そろそろこの辺りの魔物を綺麗《きれい》に潰しておきたいので、このまま東側や拠点周りを殲滅すれば、一石二鳥でその準備も整っていくわけだしね。

では、デメリットはというと、これは俺じゃなくミズルさん達が、ということになるな。

奥へ入るほど安全地帯の草原からは遠ざかるわけだし、ロッカー平原では定点狩りで綺麗に周囲を狩ったと思っても、翌日にはチラホラと魔物がうろついていたのだ。

想像以上に広そうな魔物の行動範囲を考えれば、川を渡って東に入り込んでくるなんてことも当然あり得る話。

セイル川の西側を放っておけばおくほど、殲滅したつもりが実は結構な数の魔物がうろついてましたなんてことになりかねない。

人員を増やすようなことは言っていたが、現在何人くらいで素材回収をしているのか……あれから会っていないので、ミズルさん達が奥地でも問題なく自衛できるのかどうかが、東側をこのまま攻める上で一番の不安要素と言える。

そして川の西側を攻める場合は、今挙げたデメリットがそのままメリットに切り替わる。

セイル川の西側も殲滅すれば川を渡ってくる魔物は激減するだろうから、ミズルさん達の素材回収はより安定するだろうし、まだまだ安全地帯に近い位置で素材回収をすることも可能になるだろう。

ただし、俺は拠点から遠い。

といっても１㎞程度なので遠いうちには入らないだろうけど、それでも効率という点で言えば若干落ちることは否めないし、楽しみにしている風呂の準備だって遅延する。

「んー……そろそろ会って相談してみるかな」

人を巻き込むような計画を立てたのは俺自身。

ならば今後の予定も皆で決めていくしかない。

そう思った俺は、昼前くらいになったら一度森の入り口に向かってみようと決め、段々食い飽きてきたオーク肉に噛《かぶ》りついた。

▽▼▽▼▽

「お？　知らない人達が……全部で９人か」

既に殲滅が完了した地帯を通過し、森の出口に向かって走っていると、すぐに面識のない集団が大雑把に解体している姿を見かける。

全員が籠を背負っているので、アルバさんやミズルさん達が勧誘したであろう人達であることは一目瞭然だ。

こんな分かりやすい判別もないなと、思わず苦笑いしてしまう。

「すみませーん。アルバさんやミズルさんに誘われた人達ですよね？」

するとその団体さんは一瞬ビクッとするも、俺を見てすぐ表情を和らげた。

「ああ、そうだ。君がもしかしてロキか？」

「ええ、今日は既に殲滅した場所がどうなっているか様子を見に来たんですけど……ミズルさんは来てますかね？」

「今４部隊に分かれていてな。ミズルなら一番東側を北に向かいながら素材回収しているはずだ」

「４部隊……？」

もっと誘うという話は聞いていたが、随分と規模が大きくなっている気がする。

たぶん、今目の前にいる人達で1部隊なのだろう。

ということは――単純計算で30人以上が森の素材を運び出しているのか？

頑張って狩っているつもりだけど、数を想像すると急に不安が押し寄せてくる。

「ち、ちなみに、ちゃんと儲《もう》かってます？」

「ああ凄いぞ！　最初アルバに誘われた時はなんの冗談かと思ったが……本当に感謝している」

そう言われて目の前の大人達に頭を下げられると、なんともくすぐったくなってくるな。

まぁ思ったより稼げないとか文句を言われても困ってしまうし、儲かっているようなら一安心だ。

「それは良かったです。ちょっと調整というか、これからミズルさん達と相談してきますので、後で相談結果は共有しておいてくださいね！」

そう言ってその場を離れた俺は、川沿いから東へ。

【探査】を使って魔物状況を確認しながら移動していく。

（ん～やっぱり周囲30ｍに数体くらいはヒットしてしまうか。明らかに最初の頃よりは少なくなっているけど、西、北、東からと魔物が入り込んでくるわけだしなぁ。それに……）

視線はどうしても周囲に転がる死肉へ向く。

俺が倒してから回収されるまでにはラグがあるし、ここでも運びやすいようざっくりと解体され、明らかに金にならないモノは森にそのまま捨てられていた。

ポイズンマウスが共食いしている光景を見ているので、魔物が魔物の肉を求めて寄ってくるなんてこともあるだろう。

突入しているハンター達も、この程度の密度ならまだ大丈夫だろうけど……

道中、別の部隊が素材回収しているのを横目に見ながらさらに東へ進んでいくと、10人規模の団体が魔物と交戦している姿が視界に入る。

その中には見知った顔が複数人――

ここが一番東側を担当している部隊ということで間違いないっぽい。

「こんにちは～大丈夫ですかー？」

すると声で判別できたのか、振り向きもせずに唯一の女性であるロイズさんが反応した。

「あ、ロキ君！　ちょっと面倒だから手を貸してもらえると助かるー！」

交戦している魔物に目を向けると、オークが1体にスモールウルフが4匹。

おまけにリグスパイダーが1匹宙に浮いており、傍らで1人のハンターが【粘糸】の餌食になったのか、グルグル巻きにされて地面で芋虫みたいになっていた。

（うおっ、顔まで糸が……リグスパイダーに捕まるとあんな感じになるのか）

身動きが取れないそのハンターを守るように武器を握るのは全部で9人。

確かにあの数なら倒せはするんだろうけど、言葉そのままに面倒臭いということなのだろう。

それなら早いとこ狩場に戻りたいし、とりあえず援護だ。

交戦している魔物に向かって走り始めた俺は、ここでふと――、こういう時のためのスキルがあることを思い出した。

（確か取得していたよな？　えーと、えーと……）

――【挑発】――

なぜかロッカー平原で自然に覚えられたこのスキル。

まだレベル1のはずだが、これで魔物を引きつけられれば楽になるだろうと、オークを見据えながら初めての【挑発】スキルを唱えてみる。

するとなぜか。

「げっ！　スモールウルフもついてくるの!?」

オークだけを呼んだつもりが、その横にいたスモールウルフが3匹もセットでついてくる。

おまけに、いつもよりオーク達の目が血走り、殺気立っているようにも感じるんだが……？

なに？　おこなの？　激おこなの？

【挑発】は範囲型なのか。

そしてヘイトを奪うだけでなく、猛烈に怒らせるような能力まで備わっているのか。

その答えは検証をサボっていたためよく分からない。

ソロで動いていれば【挑発】なぞ関係なく魔物は全部自分に寄ってくるので、俺が使う場面などないだろうと今まで詳細説明すらまともに見ていなかった。

「まあ、いっか」

1体だろうが4体だろうが、今更どちらでも大差はない。

右手にショートソード、左手にナイフという手数重視のスタイルにすぐさま切り替え、先行してくるスモールウルフを迎え撃つ。

「ホイッ、ホイッ、ホイッ！」

川付近でスモールウルフと交戦すれば、比じゃない数の波状攻撃が押し寄せてくる。

3匹程度なら朝飯前とばかりに切り伏せていき、最後にノソノソ走ってきたオークが振り回す丸太を躱《かわ》しながら、オークの膝を土台に飛び上がりつつ剣で首を一閃《いっせん》した。

ゴロン――……

よしよし。

ようやく昨日あたりから、オークの首も安定して刎《は》ねられるようになってきたな。

ふふ、ちょっとずつ強くなってきてるじゃん、俺。

そんなことを考えながら残りの魔物を確認すると、どうやらあちらも終わっていたようで、皆が呆《ほう》けた顔をしながら俺を見つめていた。

「……1人で4体相手に平然としてるって、どうなってるのかしら？」

「そこも凄いですけど、魔物がロキ君に向かっていったのは何かのスキルですかね？」

「細かいことを気にしてもしょうがないだろう。俺達とは住んでる世界が違うんだ」

「さすがロキ神」

き、気まずい……

だが援護を求められて魔物が寄ってきたんならとっとと倒すのが正解だろう。

それより――、目的の人物がここにいない。

その方が遥《はる》かに重要だ。

「あ、あはは……それより早く、そこでグルグル巻きにされているミズルさんっぽい人を助けてあげた方がいいんじゃないですか？」

「「「あ」」」

「……」

絶対忘れられてたやつだこれ。

俺は周囲を警戒しつつ、糸まみれでフガフガ言っているミズルさんになんとも言えない視線を向けた。

▽　▼　▽　▼　▽

「なるほどなぁ。このまま川の東を奥に進むか、それとも川の西側に手をつけるか、か」

早速俺は、顔中に糸をくっ付けたミズルさんにどちらを攻めるか悩んでいることを伝えた。

その上で素材回収は今どんな感じなのか、現在の状況を確認する。

もちろん邪魔をするつもりはないので、彼らは作業をしながら。

俺は護衛のような存在として、ミズルさん達の後をついていく。

「ちなみに素材回収は順調ですか？」

「そこは問題ねぇよ。オークの肉はペンゼの親父《おやじ》が選別して町に運ぶ順番まで指示してるし、魔石

や討伐部位あたりの小さいもんもそこら中に転がってっからな！」

「そうね。それにスモールウルフの皮も、それだけで1日に10台近い荷車が埋まるくらい運ばれているから、あれも結構なお金になっているっぽいわよ」

「そんなに……ということはだいぶ人が増えていそうですけど、皆さんにちゃんと行き渡っているってことですね？」

「ああ、それなんだがな……」

そう言ってミズルさんが話し始めた内容は、俺の斜め上をいく内容だった。

最初に出くわした人が言っていた通り、現在素材回収班は4部隊。

ルルブの森で狩っていた8つのパーティがこの素材回収に参加しており、これは頭一つ抜けて強いとされているパーティを除いた、ベザートを拠点とするEランクハンターの全てらしい。

約100m置きに1部隊を配置し、そのまま東西それぞれ50mくらいの範囲を散策、素材の回収を進めているようで、各々の部隊がその日の一時撤退地点に何かしらの武器や魔法を使ってマーキング。

翌日再開する時はそのマーキングを頼りに回収漏れを防ぎながら北上していると聞いて、俺は素直に感心してしまった。

なかなか効率的で俺好みだなと。

説明を続けるミズルさんの後ろでマーズさんがドヤ顔をしていたので、一番慎重で賢そうだし、もしかしたら彼が発案者なのかもしれないな。

ただそうなると気になることもある。

「部隊を分けて安全面は大丈夫そうですか？　ここに来るまでも、多少魔物の反応はありましたが……」

やはりここだ。

いくら効率重視と言っても、それで死人が出ているようであれば意味がない。

いや、この世界の住人にとってはそれでも意味があることは分かっているけど、計画の立案者としては不安で狩りに集中できなくなる。

「今んところは大丈夫だぜ？　一番西と俺達のいる東の部隊は人数も多めにしてあるからな」

「川を渡ってくる魔物に備えて第1部隊は9名、第2部隊はパーティを1つ分けて6名、第3部隊も同様に6名、ここの第4部隊は東から入り込んでくる魔物に備えて10名配置しています。先ほどのように多少の怪我《けが》くらいはありますが死人はなし、一応備えはしていますよ」

「おお……危険度に応じた振り分けまでされているとは素晴らしい」

このままではマーズさんが調子に乗ってしまいそうだけど、そこまで考えているなら俺が文句を言う場面ではない。

現に5日経《た》っても死人が出ていないのだから、安定して機能しているということなのだろう。

となると、後は最初に話を振った狩場の問題をどうするかだな。

「では率直に聞きますが、このまま川の東を奥に進むのと、一度川を越えて西側で同様のことをやるのと、どちらがやりやすいですか？」

「こっちは稼がせてもらってる身だし、そいつはロキの都合がいい方で構わねーが……」

するとミズルさんは任せると言いながらも、頭脳派のマーズさんに視線を向ける。

「個人的な希望ですと、あの程度の浅い川を渡るのなんて楽なわけですし、西側から再び進められた方が嬉《うれ》しいですけどね。その方が僕達の安全は確保できますから」

「私も同意見かな？　最近素材を森の外に運び出す時も魔物と出くわすことが増えてきたし、籠の中身がパンパンだと急に襲われても動けないのよね。さっきのミズルみたいに」

「んだな。荷車は川を渡れないから、素材を川の東まで運ぶ手間は余計に掛かっちまうが、その労力を差し引いたって森の出口に近い方が楽に感じる」

「ああ、俺も同意見だ」

なるほど、襲われていたのはそれが理由か。

となると、これはもう決定だな。

「了解です。それでは明日から、西側で同様のことをしましょうか。皆さんが来る頃には、西側の浅い箇所を川から５００ｍくらいまで殲滅しておきますので」

「あん？　そんなあっさり決めちまっていいのかよ？　ロキにはロキなりの考えだってあったんだろ？」

「問題ないですよ？　僕に明らかな不都合があれば提案もしませんから」

「そうか、ならありがてぇ！　最近やたらビクビクしているやつがいて困ってたんだ」

そう言ってミズルさんの視線がマーズさんに向くと、本人が慌てたように両手を振りながら弁明する。

「ちょっ！　僕はビビってませんからね！　奥に入ると少し胸がドキドキしてくるだけです！」

「それ同じこと」

「私でもまだ平気なのにビビってるわね」

「ビビリ神と呼ぶか」

やっぱり、こんなやり取りができるパーティもいいよねぇ……

って、いけないいけない。

こうしてソロで動いているからこそ、俺はここで乱獲できているんだ。

それを忘れちゃいけない。

「それじゃ今日は念のためこのまま北上した先で魔物を狩りますから、帰りにでも皆さんに伝えておいてくださいね」

「了解だ！　がっつり倒してといてくれよ！」

同様のペースでいけば、西側は約4日ほどで今いる拠点辺りまで殲滅できるだろう。

その間に……まだレベルストップまではいかないだろうなぁ。

そしたら次は川の東側を北上というやり方に戻すかな？

それとも魔物の数によっては、さらに東500mを森の入り口からやってみるか？

そんなことを考えながら、俺は拠点にほど近い場所の魔物狩りを開始した。

第17話　ワイルド風呂

「ふふふ……やっと完成だー！」

川のど真ん中に置かれた謎の石。

そいつを見つめながら、俺は森の中で1人吼《ほ》えた。

ルルブの森に引き籠って6日目。

辺りが暗闇に染まる中、今日も含めて風呂作りは狩りが終わった後の作業なので、毎日【夜目】を使いながら黙々と作業をしていた。

そして魔物は、そんなこちらの状況などお構いなしに襲ってくるので地味につらかった……

だが、しかし！

目の前には自作の風呂がある。

この感動を誰かに伝えたい！　だが周りに人がいない！

……だから1人で語ることにする。


引き籠り生活2日目の夜。

俺は風呂作りの方法を模索しながらも明確な答えに辿《たど》り着けず、何か良い案はないかと、思考を巡らせながら焚《たき》火《び》用の枝を回収していた。

そして穴倉へ戻る時、毎度毎度よじ登るのも面倒だし、1.5mほどある足場用の石柱に足を掛ける取っ掛かりを作れないか？　と、何気なく魔法を使った。

単純に自分の背丈ほどある石柱をよじ登るのは、狩りでクタクタになった後だとマジでキツいという、ただそれだけの理由だった。

『窪《くぼ》みを、作れ』

石を消すことができないのはロッカー平原で経験済みだ。

だから窪みを作るくらいならできるかも、できたらいいな。

その程度の願望が交じった実験だったが――ゴッと小さな音を立て、見事に石柱は窪んでくれた。

削れたのか、圧縮されたのかは定かではない。

土と同じ理屈であればたぶん後者な気がする。

使用したのは【土魔法】のレベル1、しかもなんとなく使ったため、魔力はほとんど込められていなかったが。

それでも、石柱の一部には1㎝程度の窪みができ、数回繰り返すことによって足を引っ掛けるくらいはできるようになったのだ。

これが風呂作りの構想を決める第一歩だったと言える。

引き籠り生活3日目の夜。

俺はまず巨大な石を作った。

巨大と言っても、あくまで魔法を唱える時にそう言っただけ。

『巨大で、四角い、石を、生成』

このワードが精霊にもしっかり伝わり、俺が使える【土魔法】レベル3の限界。

魔力『29』を使用して出来上がったのが、1辺2mほどの立方体っぽい石の塊だった。

それが川のど真ん中に突如出現した。

そしてその日のうちに【土魔法】で川底に沈め、1mほど石塊の高さを下げた。

つまり川底に半分埋めたということになる。

これで水深50㎝程度の川に高さ1m、長さ、横幅共に2m程度の石塊が鎮座することになった。

このサイズなら雨で川の流れが速くなっても流されることはないだろう。


引き籠り生活4日目の夜。

石塊の上に座り込み、ひたすら掘った。

もちろん剣やナイフでどうにかなるものではない。

そんなことをすれば狩りで使用できなくなるので、ひたすら魔法で掘り進めた。

正確には圧縮されていたのだろうが、土と違って触っても違いが分からないので、ここではあくまで掘るという表現を使うことにする。

当然だが土と違って一度に掘れる量は多くない。

硬さが違うのだからしょうがない。

遅々とした進行具合の中、だからこそともいうべきだが、その作業の間にいろいろなことを試した。

『穴を、空けろ』

これでも魔力量に応じて石を掘ることができた。

しかし。

『石を、削れ』

『石を、抉《えぐ》り取れ』

このような、石の消失や分離を匂わすワードだと精霊は応えてくれなかった。

判断の基準が曖昧で難しいところだが、圧縮はできても消失は別の魔法の分野。

それこそ俺が求めている【空間魔法】とかになるのだろうと予想し、黙々と魔力効率の良い掘り方を模索しながら作業を進めていった。


引き籠り生活5日目の夜。

昨夜に引き続き、石の塊を掘り進める作業は続く。

それこそ朝に回復した魔力も、狩りに行く前ちょっと使って掘ったりしていた。

5日目になれば魔物狩りもだいぶ安定し、自身がレベルアップしたこともあって、夕方に残る魔力量が日増しに増えていった。

風呂作りの作業を進めたくて、意図的に魔力を抑えたというのもある。

そして5日目から造形の最終着地点。

つまり風呂をどの形に持っていくか思案するようになる。

幅が2m四方の大きな石だ。

リゾート地にありそうな円形の風呂だって作ることができるし、日本の一般家庭にあるような長方形型の風呂を作ることもできる。

それこそ高さも2mあるのだから、やろうと思えば立湯だって作ることができるだろう。

だがそんな中で、俺はもっともポピュラーで慣れ親しんだ長方形の風呂を選んだ。

一番安心できるというのもあるけど、最大の理由はそこではない。

作りながら、どう引き入れた水を温めるか。

その方法も考えていた。

この石塊と設置場所では、下から温めるなんてことはどうやっても無理だ。

となると考えられる方法は1つで、焼いた石を投入するしかない。

その時、どこで石を焼くのか。

拠点や川辺で焼けば、今度はその石をどうやって風呂まで運ぶのかという問題があり、その点を上手《うま》く解決できる自信がなかったので、それなら風呂場の横で焼いてしまえばいいという結論になった。

これなら焼けた石を何かで突《つ》ついて、そのまま風呂の中へ落とすだけ。

つまり2m四方の石は半分が風呂、半分が火を起こして石を焼くスペースということになった。

そして今日、6日目。

朝のうちにある程度風呂の形を作り終え、先ほどまで最終調整を行っていた。

まず試したのは、風呂に穴を開けた場合にはめ込む栓。

ここでしくじると今までの作業が水の泡になる可能性もあるため、かなり慎重に、そこら辺に転がっていた皿のような形状をした石でまず実験をした。

用意した栓の素材は、今日回収してきたスモールウルフの皮と、リグスパイダーに放出させた粘糸で、ぷにぷにネバネバした不思議な素材なので、多めに覆えば隙間を塞いでくれると思って採用してみた。

小さめに切ったスモールウルフの皮を丸め、それをネバネバした粘糸で覆い、事前に作った穴の開いた石に詰め込んで上から水をかける。

すると上部では水が溜《た》まっているのに、栓の隙間からは水が垂れてこないことが確認できた。

粘糸が水で溶けだす様子もない。

水を適温と呼べる程度のお湯に変えても粘糸に変化は見られなかった。

これなら成功、いや、大成功だ。

ちょっと強く押せば簡単に取ることもできるので、多少ネバネバが残るけど、栓の機能としてはかなり良い感じに仕上がったと思う。

そしてこの実験が成功すれば、風呂本体に穴を開けても問題ないということ。

川の上流方面に向かって1ヵ所、逆側の底の方にも1ヵ所風呂の内部に穴を開け、これで水の出入り口を確保する。

すぐさま風呂の中を水が溜まっていく光景に思わず打ち震える。

ここまで進めたならば、あとやることは1つだけだ。

急いで枝を掻《か》き集め、風呂の横のスペースに置いたら【火魔法】で点火し、そこに石を投入していく。

どの程度石が必要かなんて分からないので、多めに焼いておけば問題ないだろう。

水面より50㎝ほど上の場所にあるし、川の流れは穏やかなので水を被《かぶ》る心配もない。

あとは待つだけ、石が焼けるのを待つだけだ……。

逸《はや》る気持ちを抑えつつ、俺はおもむろに服を脱ぎ始めた。

▽ ▼ ▽ ▼ ▽

剣だけを握り締め、俺は素っ裸で風呂を見つめていた。

長い、こんなに石が焼けるまで長いとは思わなかった。

約1時間以上、俺は飯も食わずにひたすら全裸待機をしている。

その間、魔物も風呂を見に来たので当然倒した。

オークはなぜか俺を見てビビっていたが、今更服を着直すわけにもいかない。

あとちょっとなんだ。

だから剣を握り締め、俺は静かに待機する。

先ほどやっと赤くなった石を3つ風呂に投入したら、水が勢いよくボコボコいっているが……

大丈夫だろうか？

いきなり3つは多過ぎただろうか？

どれどれ……ふむ。

温《ぬる》いか。だがまったく入れない温度じゃない。

それなら追加の石を投入して様子を見つつ、まずはぬるま湯を楽しもうじゃないか。

あまり熱いとすぐにのぼせてしまうしな。

しかしサイズを大きめに作って良かった。

この風呂は俺の身長くらいある。

石は隅に投入しておけば触れて火傷《やけど》することもないだろう。

ポチョン……ピチョン……ジュゥウウウウウウ…………

さて、それではいかせてもらおうか。

超久しぶりのお風呂――いただきますっ！

ジャポン！

「あぁあああああ…………」

ヤベぇ、ヤバすぎる……

風呂とはここまでいいものだったのか。

思わず空を見上げれば、川の真ん中ということもあって、草木に遮られることなく満天の星が輝いていた。

前を向けば石を焼く焚火が。

そして俺は川の中にいるかの如《ごと》く、周囲３６０度を水が流れているこの光景。

海の見える露天風呂なんて目じゃない絶景だと感じる。

普通は川に露天風呂があったって川辺だろう。

川のど真ん中に風呂を作るアホなんてまずいない。

あぁ――……

「そこ！」

「キャン!?」

となると、次の一手を打とうじゃないか。

俺は丁度良い湯加減になった風呂から半身を出すと、予《あらかじ》め用意していた川魚を火にかける。

全裸待機中に【探査】と【気配察知】を全開にしてとっ捕まえた新鮮な魚だ。

連日のオーク肉に飽きてきた頃なので、魚の焼ける香ばしい匂いを嗅ぐだけで自然と腹が鳴った。

調味料は相変わらず塩だけだが、美食家でもない俺にはそれで十分だし、何よりこの景観が最高のスパイスになってくれる。

ふふふ……素晴らしきかな異世界。

魔法があれば素人だってこんなことができてしまうのだ。

さぞチートスキルを貰《もら》ったやつらも人生楽しんでいることだろう。

だが俺はもっと楽しんでるぞ？

よく分からないこの能力は確かにチートかもしれないが、それだって努力をしなければまったく伸びない代物だ。

だから俺は努力し続けてやる。

努力も苦労も味わった方が、その後の楽しみも喜びもより一層味わい深くなるからな。

最初から強く、城で女を侍《はべ》らせながら豪華な風呂にでも入っていそうな勇者タクヤ君には、剣を持ったままスリリングに入る風呂なんて理解もできないだろう。

「フンッ！」

「グガッ……」

さて、そろそろ焼けたかな？

うんうん、良い感じだ。

こいつにちょちょいと塩をかけて、と――

ああ……マジでうめぇ……

ここにビールでもあれば最高だったが、それはそれ。

今後の楽しみにとっておこうじゃないか。

さすがにこの身体《からだ》で酒を飲んだらどうなるか分からないしな。

あとは背もたれの傾斜をちょっと強めにして、お尻の部分の凹凸をもう少し滑らかにしておくか。

ついでに風呂の両サイドは肘置きなんかを作っても良さそうだ。

ここら辺は明日以降、風呂に入りながら余っている魔力で調整していくとして。

外で落ち着いて風呂に入りたいなら、まずはこの付近だけでも大掃除しないとなぁ……

▽▼▽▼▽

(うぅ……慣れてきたとはいえ、やっぱりしんどい……)

引き籠り生活7日目。

予定通り、川の西側500m内の入り口付近を殲滅《せんめつ》した俺は、トボトボと拠点に向かって歩いていた。

いつもならジョギングしながら帰るところだけど、今日はまだまだやることがあるので体力温存だ。

丸薬効果がMAXの日とはいえ、無理をし過ぎれば翌日に支障をきたしてしまうかもしれない。

30人以上で連動して動いているとなると責任が重く伸《の》し掛かってくるので、自然と考えや行動も幾分は慎重になってくる。

(まずは一旦夕飯にするか、それともこのまま行動に移すか……そういえば生け捕り作戦は成功しているかな?)

ふと、朝の狩りに出る前、拠点前でパルメラ大森林以来の罠《わな》作りに励んだことを思い出す。

理由は単純で、昨日の魚が感動を覚えるほど美味《うま》かったからだ。

いくら身体が若いとは言え、毎日肉ばかり食っていれば魚だって食いたくなる。

なので朝からセコセコと、一度入ったら逃げにくい生け捕りの罠を作っていたのだが……

問題はこの魔物の多さで、折角魚を捕まえてもスモールウルフやオークに食われてしまえば意味がない。

となると今抱えている問題は、やはり早急になんとかしなければと改めて腹を括《くく》る。

（魚確保のためにも、のんびり風呂に入るためにも、もうひと踏ん張りしないとな）

風呂を作っている時や風呂に入っている時、基本魔物は川の西側から突っ込んでくる。

まぁそれも当然だろう。

なんせ西側はやっと今日着手したところなんだから。

しかもまだ入り口付近のみなので、拠点周辺にはわんさか魔物がいるということ。

だからそいつらを狩る、これが今からの予定だ。

無理のない範囲で丸薬効果を利用し、せめて拠点周りの西側50ｍくらいを綺麗《きれい》にできれば上等。

そのくらい殲滅すれば、拠点付近に流れてくる魔物も大きく減るとみている。

ふぅ――……

いつもより深い深呼吸を1つ。

（休憩すると風呂の時間も遅くなるし……石だけ焼いておいて、その間に片付けてしまうか）

こうして即行動を決断した俺は、拠点に着き次第風呂の横で石焼きを始め、その後すぐに西側へと狩りに出かけた。


そして、30分後。

緩やかな傾斜が続く崖の上で、途切れることのない魔物達《たち》の突撃をひたすら捌《さば》く。

完全に日は落ち、【夜目】と【気配察知】を使いつつ、【探査】はリグスパイダーに。

【夜目】はスキルレベルが上がってきたことで、少しずつコントラストが鮮明になってきているが、それでも日中とは大きく異なる視界だ。

距離感が摑《つか》めず、魔物から受ける攻撃の頻度はどうしても多くなってしまう。

「はっ……はぁ……というか……絶対に西側の方が、多いだろ、コレ……」

日中にも感じたことだ。

スモールウルフの数にそう違いは感じられないが、オークの数が明らかに多い。

酷《ひど》いと5体以上のオークが、手に持つ丸太でスモールウルフを吹き飛ばしながら襲ってくる。

現に今も4体のオークに囲まれている時点で、生息のメインが川の西側であろうことはすぐに予想できた。

もちろん、隙間を縫って嚙《か》みつこうとするスモールウルフの数はそれ以上。

足元が魔物の死体だらけで、攻撃を躱《かわ》すことすらままならない。

「うお……」

その時、咄嗟《とっさ》に踏み込んだ足元の死体が崩れ、視界がふいに揺らぐ。

大きくバランスを崩し、マズいと感じて見上げた時には、既に振り下ろされた丸太が目の前まで迫っていた。

「ふぐっ……！」

頭部への直撃。

突出した防御力のおかげで、痛みがそこまで強いわけじゃない。

だが、久々に感じるこの衝撃までは殺せない。

脳震盪《のうしんとう》のような状況なのか、視点が定まらずに足元もフラつく。

それでも碌《ろく》に力の入らない足を動かし立ち上がろうとすると、強烈な丸太の一撃がさらに追加で降ってくる。

「ぁ、ぐっ……ヤ、ヤバ……」

立ち上がることすらできず、咄嗟に頭を隠して亀のように蹲《うずくま》ってしまうが。

ボゴッ！

ベゴッ！

それでも魔物の攻撃は止まらない。

蹲ろうが振り下ろされる丸太の衝撃が、鎧《よろい》越しに強く伝わった。

そして既に噛みつかれてボロボロの服に、そこから覗《のぞ》く皮膚に、追い打ちを掛けるべくスモールウルフ達が群がり噛みついてくる。

（くそ……さすがに、甘く考え過ぎたな……）

ゆっくりと瞳を閉じ、ステータス画面を眺めながらそんなことを思う。

魔力残量は１４０を少し超えるほど——まだまだ潤沢だ。

それでもこうして残していたのは、この後の拠点で魔力を自由に使うため。

既に魔力温存が習慣にもなっており、複数体に囲まれても極力魔力は使用せず、夜の風呂弄《いじ》りや別の修業に充てるという考えがここでも通じると思っていた。

だが、大して体力も残っていないこの状況では少々やり過ぎだったらしい。

（まあ、試すには丁度いいか……）

そう判断し、四方八方から殴り、噛みついている魔物達にも聞こえるように大声で叫んだ。

『無数の、かまいたちで、周囲の、魔物を、皆殺せ……ッ！』

その瞬間、俺を中心に暴風が舞う。

初めて使用したレベル４の【風魔法】。

使えばどうなるか、それは俺にも分からない。

だが、不思議と安心はできた。

魔物達の攻撃が、発動と同時にピタリと止《や》んだのだから。

それに顔を上げなくても、流れ出た赤黒い液体が俺に這《は》い寄り、周囲からは魔物の呻《うめ》き声《ごえ》と共に、何かが切れるような不気味な音が断続的に続いていた。

そして訪れる、静寂——

顔を上げると、周囲には地面を覆うように散らばる肉の欠片《かけら》が。

見回しても動いている魔物はおらず、【探査】で確認すると元から縄張り意識が強いのか、乱戦には交ざらないリグスパイダーの反応が少し離れた位置にあるだけだ。

「レベル4でこれか……」

この狩場であれば、魔物に囲まれようが一発でひっくり返せる威力があることは一目瞭然。

だがすぐに、よほどの事態でもなければ【風魔法】レベル4の使用を禁止した。

今の俺の魔力総量では、仮に全快であったとしても4発が限度。

消費が重過ぎて、とてもじゃないが自然回復量が追い付かない。

おまけにこの残骸を見れば――まずまともに素材回収はできないだろう。

魔石くらいは残っているだろうが、討伐部位すら回収できるか怪しく、ミズルさん達がドン引きしながら落ち込む姿が容易に想像できてしまう。

それにしても――、ふと気になってステータス画面を開き、現在の『知力』を確認する。

『筋力』は明らかに力と関係し、体感できるくらい大きな荷物が持てたり、魔物を切り伏せる力が強くなっているのだ。

となると、対の関係にありそうな『知力』が魔法関連の攻撃力、それにデバフ系の成功率や効果に影響することはまず間違いないだろう。

「今はまだ100に満たなくても、いずれ成長していけば1000くらいは確実に超える……」

その時、今でも十分凄《すご》いと思えてしまったレベル4の魔法は、果たしてどれほどのモノになっているのか。

「ふふ……ふははっ……ステも、スキルレベルも、まだまだ伸びしろしかないんだから……この世界は夢があるねぇ……」

そう思うと、身体中が鈍く痛むというのに自然と笑みが零《こぼ》れ、残る体力を振り絞りながら拠点へと帰還した。

▽ ▼ ▽ ▼ ▽

引き籠り生活11日目。

俺は真昼間から風呂に入り、緩やかに蛇行する下流の景色を眺めていた。

本日は休日、ついでにここで人との待ち合わせである――。

10日目の時点で西側の素材回収も拠点付近まで伸びてきていたため、次はさらに奥へ進んでいくか。

それとも川から多少離れるものの、東側おおよそ500~1000m付近を中心に狩っていくか。

その相談をするべくミズルさん達の下を訪れたわけだが、見つけて早々、なぜか彼らから泣きが入ってしまった。

いくら稼げるといっても、人生でここまで連日働いたことがない。

だからそろそろ1日休ませてくれと。

なんとも根性の足りない人達である。

稼げているならそんな泣き言、せめて1ヶ月は経《た》ってからにしろと思ってしまうが、どうやら2日目以降に参加した他のパーティの人達もヘロヘロなようで、俺に出会った人が代表して伝えると満場一致で決まっていたらしい。

川の西側になってオークの出現頻度が上がり、より森の外へ運び出す際の距離と、それに重さが増したことも原因の1つと予想できる。

となると、俺は何も言えない。

身の安全が保証されたデスクワークではなく、一歩間違えれば魔物に殺される、それなりにリスクの高いお仕事だ。

いくら素材回収がメインとはいえ、流れてきた魔物との戦闘だって少なからずあるわけだし、以前会った時に怪我《けが》をした人の話も聞き、粘糸で芋虫になっていたミズルさんだって見ている。

精神も肉体も、摩耗すれば死人が出てしまう可能性は高くなるので、それなら止む無しと俺は了承したわけだ。

当初から休みたい時は休んでいいよと言っていたわけだしね。

ただそうなると、俺はどうしたものかとなってしまう。

1人で狩ってもいいのだが、そうするとそのエリアのオーク肉は確実に鮮度が落ちて無駄になってしまうわけで。

既に拠点周辺でそれをやってしまっているので、1人先行して狩るというのはあまりよくないことだろう。

かと言って奥に行くのも正直面倒臭い。

俺も毎日ヘロヘロのクタクタになっているので、できれば手近な場所で効率的に狩りたいものである。

——それならもう、しょうがないかと。

皆が休むならついでに俺も休んでおくかとなって、真昼間から風呂という行動に出てしまっていた。

ちなみに待ち人とはミズルさん達だ。

いったい何人来るのか分からないが、「どうせ休むなら風呂に入りますか？」と、なんとなしに俺から話を振ってみた。

その言葉にミズルさん達第4部隊のメンバーは、揃《そろ》って鳩《はと》が豆鉄砲を食ったような顔をしていたけど。

俺が自作で風呂を作ったこと。

拠点自体は森の入り口から川沿いに1㎞くらいの、この付近に構えていること。

周りの魔物はある程度掃除しているから比較的安心だし、もし入るなら俺も休むことになるので護衛すること。

当然タダ風呂であることを伝えると、皆の目の色は一斉に変わっていった。

まぁ宿屋のビリーコーンに風呂やシャワーが無い時点で各家庭にも無いだろうし、そもそもベザートの町に風呂付きの家があるのかすら分からないんだ。

たぶん存在を知ってはいるけど、人生で一度も入ったことがないという人もいるだろう。

入る入ると大騒ぎになってしまったため、それならと、入るのはタダでいいけど石鹸《せっけん》くらいは自分で持ってくること。

ついでに鍋とか野菜を持ってきてくれれば、多少の魚と有り余るオーク肉があるのだから、ご飯を食べながらお風呂に入れるかもねと伝えておいた。

当然皆の瞳が燃え上がっていたのは言うまでもない。

とても疲れて休みを願う人達には見えなかった。


そして今、後方から武装した団体がこちらに向かってきている。

なぜか数人、いつものように籠を背負っているのが気になるけど。

というか、明らかに30人以上いる気がするんだけど……

なんだか予想より大変なことになりそうな予感をひしひしと感じながら、女性を遠目に発見してしまったため、俺はそそくさと風呂から上がって服を着直した。

▽　▼　▽　▼　▽

「これが風呂か……！」

「うぉーすげぇ!!」

「川のど真ん中に作るとか正気じゃねぇぞ！」

「想像より遥《はる》かに大きいわね」

「これなら3人4人くらい同時に入れるんじゃないですか？」

皆が口々に感想を述べている中、俺は風呂の横で放心していた。

町で換金の立ち会いをしていたアルバさんもちゃっかり交ざっているのはまぁ問題ない。

それにミズルさんとこの紅一点であるロイズさんがここにいるのも、昨日の興奮した状態を見ているのでしょうがないだろう。

しかし、なぜ予定していた倍以上に人数が膨れ上がり、かつ見知らぬ女性が他にこれほどいるんだ？

普通男性もいるような場所なら、恥ずかしさから控えるものじゃないのか？

それともまさか、男女別々なんて、そんな現代の銭湯やスパ施設みたいな場所でも想像していたのだろうか。

でも皆さん、1つしかない風呂を見ても平然としているしなぁ……

この世界の人達の道徳や羞恥心というものは本当によく分からん。

おまけに。

「ロキっ！　凄いの作ったな！」

「来ちゃった！」

「初めてのお風呂、楽しみ！」

なぜジンク君に、メイちゃん、それにポッタ君まで……？

ここ、ルルブの森なんだけど？

ロッカー平原より危ないところなんだけど!?

「メイちゃん……来ちゃった！　じゃないでしょ！　ここ危ないところなんだよ？　大丈夫なの？」

「その危ないところで、ロキ君だって昼間からお風呂入ってたじゃん！」

「タダで風呂入れるってミズルさんに誘われたんだよ。魔物もだいぶ減らしてあって、護衛もビックリするくらいいるって」

「そうそう。それに僕達も狩りが休みの日は森の入り口まで来てたんだよ。ジンクとメイちゃんは解体、僕は町まで荷物を運ぶ仕事で」

「え、そうだったの？」

言われて、なるほどと納得する。

俺が森の外まで出たのは引き籠り始めて2日目が最後。

なので外で活動している解体班と運搬班の状況は、順調に回っているというくらいしか把握できていなかったが、そうか、３人とも手伝ってくれていたのか。

ロッカー平原で狩りをしていた方が収入面は良いだろうけど、元から毎日通うような感じでもなかったもんなぁ。

となると、ここにいる多くは外で協力してくれている人達か……

想像以上に多くてビックリだが、そうと分かれば無下にはできない。

ジンク君の言う通り、冷静に考えればここで素材回収していたEランクハンターがほぼ全員っていうくらい来ているわけだし、拠点周辺の殲滅はだいぶ進んでいるので安全面はある程度確保できるとして――

「ポッタ君、その籠からハミ出ているのって野菜？」

「うん、そうだよ。あと鍋とかお皿とか、皆で手分けして持ってきたんだ」

「私はザル持ってきたよ！　あとジンクは釣《つ》り竿《ざお》も！」

「おう！　風呂入りながらご飯が食べられるって話だからな！　なん本か持ってきたからいっぱい釣るぞー！」

「は、はは……凄いやる気だね」

メイちゃんがなぜザルを自信ありげに見せつけてくるのかは謎だが、食材もある程度持ってきているようならなんとかなるか。

足らなければ肉は獲《と》ってこられるし、魚も釣る気満々みたいだしね。

それにこの風呂だってまともに使えるのは俺が拠点にしている今だけ。

放っておけばすぐ魔物の巣窟に戻るだろうし、それなら問題なく使える今のうちに皆で使ってしまった方が有意義ってもんだろう。

なんだかお祭り会場みたいになっちゃってるけど……

せっかくの機会だ。

ついでに俺も楽しもうじゃないか。

こうして長年立ち寄る者がいなかったルブの森の一角で、謎の風呂パーティーが開催されることになった。

▽▼▽▼▽

俺の拠点周りはビックリするほどの賑《にぎ》わいを見せていた。

一応交替制でハンターが四方を監視しているが、川辺では火を分けた3つの鍋で何かの食事が作られており、その横では途中で獲ってきたであろう巨大なオーク肉が焼かれている。

そして風呂には野郎ハンター3人がご入浴中で、その周りにも素っ裸の野郎ハンター達が川の水に浸《つ》かっていた。

俺がこの世界に降り立った時よりもさらに暑い気温だ。

まさに真夏日なので、川に入っても気持ちがいいのは凄くよく分かる。

さっきから交替で風呂に入っては川に入ってとやっているので、たぶんサウナ感覚で楽しんでいるのだろう。

そして俺は、魔力が溢《あふ》れないよう適度に【風魔法】で顔面扇風機を使用しながら、ジンク君達と並んで釣りに勤《いそ》しんでいた。

釣り竿はメイちゃんの分を借り、そのメイちゃんは得意と自称するザルを持って川で踊るようにクネクネ動いていたが、何をやっているかはまったく分からない。

他にも釣り竿を持ってきている人達が何人かいるようで、少し離れた場所で思い思いに談笑しながら糸っぽい何かを垂らしていた。

「あれからどう？　ロッカー平原は調子良い？」

「一気に収入が3倍くらいになったよ。おかげで安もんだけど防具も買ったんだぜ？」

「一度エアマンティスに【風魔法】を撃たれた時は焦ったけどね」

「あっ……大丈夫だった!?」

そうだった。

本当は【風魔法】レベル1の威力を見せるはずだったのに、【土魔法】をジンク君が持っていないことに動揺して忘れたままだった……

「距離が離れていたからな。ロキが言った通り、10mくらい離れていれば強い風って感じだったよな？」

「うん。でも中途半端に近づいたら危なかったね」

「ああ、狙われたのがポッタである意味良かったかもな。俺だったら焦って近づいていた」

そっか……ポッタ君が狙われて良かったとは思わないけど、確かにポッタ君なら籠を背負った状態でわざわざ近づくことはない。

というよりビビってその場から動けなかったことが容易に想像できる。

まさに不幸中の幸いってとこだな。

「なるほどね～それじゃゆくゆくはここかな？」

そう言って俺は周囲を見渡すも、ジンク君は渋い顔をする。

「さすがにここは俺達だけじゃ無理だな。道中何体か魔物が出てきたけど、俺じゃオークを仕留めるのは難しいってすぐに分かった」

装備に視線を向けると、まだ解体兼用のナイフをメインにしていることが分かる。

おまけにジンク君は俺より背が低い。

となると致命傷を与えるには弓でピンポイントに眼球を狙うか、コツコツと足に傷を負わせて頭を下げさせる必要が出てくるだろう。

そしてその間、魔物が1体だけで済むような場所じゃない。

別の魔物が寄ってくることも考えると――うん、言っている通りこれは厳しい。

ジンク君は生き残ったとしても、メイちゃんやポッタ君が犠牲になってしまう光景が目に浮かぶ。

「まぁさ。俺もここで狩って分かったけど、お金を稼ぐ目的ならロッカー平原が一番だよ。結局は何を目的にするかだよね」

「だよな。俺達は家に金を入れるのが一番の目的だ。だから大して相談する必要もなく、ロッカー平原でいいってなったよ」

「頑張っていればそのうち【気配察知】だけじゃなく【探査】も覚えられるはずだからさ。そしたらグッとロッカー平原の狩りが楽になるはずだよ？」

「あーそれメイサが欲しがってたやつだな。【探査】かー……【弓術】はもう取ったし、次の祈禱《きとう》は【探査】にしてみようかな？　メイサに取らせてもいいし」

そんなことを話していたら、一際大きな声が響いた。

「食事の準備ができたよー！　食べたい人はこっちおいでー！」

「おっ！　ご飯だ！　ここ全然釣れないし食べに行こうぜ！」

「お腹空《なかす》いた！」

「何作ってんのかね？」

途中で一心不乱にザルで何かを掬《すく》っていたメイちゃんを拾い、ゾロゾロと向かう俺達一行。

他の人達も一斉に集まっているが、半数は下着だけ穿《は》き直したビチョビチョのパンイチ姿だ。

しかも中途半端にムキムキの男達ばかりなので、言葉そのままに目の毒である。

それでも久しぶりの料理らしい料理、俺に食わない選択肢などない。

なんとなく出来上がった列に並び、木の器に入れられた具材に目を向けると、まさに俺が求めていた野菜盛りだくさんのスープで内心歓喜してしまう。

（これだよこれ～！　肉ばかりの食事にこれはたまらん……あ～良い匂い……）

ついでに焼けたオーク肉を少し貰い、さて、１人拠点に持ち帰るのもアレだし、どこで食おうか座る場所を求めてキョロキョロ見回していると、アルバさんとミズルさんが肉を齧《かじ》りながら話しているのを発見。

丁度良いとばかりにお邪魔する。

「お風呂はどうでした？」

「おぉロキ、気持ち良かったぞ！」

「まさか俺が風呂に入れるなんてなぁ！　貴族様がいつもあんなのに入ってると思うとムカムカしてくるが……最高だったのは間違いねぇ！」

「ははっ、それは良かったですね～おふたりとも川と風呂を行ったり来たりしてましたもんね」

「暑くなったら川に入って、冷えてきたら風呂に入る。こんな楽しみ方が世の中にあるとは思わなかったな」

「こいつが家にありゃーついでに酒も飲めるのになぁ……」

名残を惜しむように風呂を眺めるミズルさん。

風呂だけなら気合を入れればなんとかなるだろうけど、さすがに川もセットは無理だよね。

貴族様だってこんな風呂には入っていないと思う。

（あ、そういえばそろそろ言わないとな……）

ミズルさんにとっては悲しみのダブルパンチになってしまうが、もうあまり日数に余裕もない。

いつかは言わなきゃいけないことだし、ついでにここで伝えてしまうか。

「昨日は伝え忘れましたけど、あとたぶん６日……そのくらいで僕はここを卒業することになると思います」

今、俺のレベルは16だ。

そしてレベル16になってから丸2日狩ってみたが、その2日で25％ほどしか経験値が上昇しなかった。

ということはもう適正超え。

レベル17にはこのままもっていくにしても、そこから先は1日フルで動いても日に10％を下回るような苦行が待ち構えていることになる。

狩場まで通う時間のロスもなく、かなりハイペースで狩り続けた自覚があるので、当初の予定よりはだいぶ早まったが……

ここまで経験値の上昇ペースがキツくなってくれば、ルルブの森も切り上げ時だろう。

「……そうか。まぁしょうがないさ。覚悟はしていたからな」

「んだなぁ。トータル半月くらいか？　それでも十分過ぎるほど稼がせてもらったぜ！」

「それにギルドからいつまでこの状況が続くんだと忠告を受けていたから、丁度良いタイミングでもあるだろう」

アルバさんのこの発言に、俺の食事の手が止まる。

「忠告？っていうと、過剰在庫になっているとか、その類いですか？」

「ああ、その通りだ。明らかに想定を超える素材が毎日運ばれてくるからな。このまま続けば買取価格の維持が難しいと言われたんだ」

やっぱりか。

というより、自分が狩った量を想像してしまうと、よくここまで価格維持ができたなぁという思いの方が強い。

もしかしたらここよりハンターギルドの人達の方が、膨大な素材処理で死にかけているかもしれないが――

「あと6日ほどは大丈夫そうですか？」

――問題は多少買取額が下がる程度ならまだしも、『買取不可』にならないかどうか。

そこまでいってしまうと、解体班や運搬班を雇っているハンターの皆が損をしてしまう可能性も出てきてしまう。

「そのくらいなら問題ないだろうぜ？　魔石なんざ消耗品で余るこたーねーし、スモールウルフの皮だって服や靴にどんどん変わっていくんだ。俺達庶民の生活に直結するような素材が多過ぎるなんてことになるはずがねぇ。だからギルドが焦ってんのはオークの肉だろうが……」

「元々高価な部類の肉だからな。魔道具で凍らせてマルタの町に運ばれていると聞くが、向こうでもそろそろ受け入れがキツくなってきているんだろう」

んー買取価格を決めるのはギルドだからなぁ。

アルバさんやミズルさんに聞いても予想でしか答えは返ってこないか。

「もし値段が急激に下がったりしたら言ってください。僕に無理して付き合う必要はありませんし、その場合は早めの撤退も検討しますので」

「あー……そりゃ気にしなくていいぜ？　多少肉の価値が下がろうが――つーより、肉の買取がもし完全に止まっちまったとしても、俺達が今まで稼いでいた額より収入が遥かにたけぇのは間違いないんだからな」

「そうだな。討伐部位と魔石、それにスモールウルフの皮だけでも過去の収入は超える。森の外で動いてくれている連中に金を払ったとしてもだ」

「そうですか……なら予定通りあと6日くらいということで、最終日は僕の方から声を掛けさせてもらいますから、残りあとちょっとお互い頑張りましょう」

「ああ、よろしく頼む」

「おいおい、あと6日もあるんだし、そんな湿っぽい話はあとだあと！　それよりそろそろメインイベントが始まるぜ？」

「？」

ミズルさんにそう言われながら顎で指した先を見ると、皆の食事が一旦落ち着いたのか、女性陣が風呂の周囲に集まっていた。

「ホラ！　次は私達の番だよ！　男衆は全員背中向けて！　ちゃんと護衛しておかないと、あとでどうなっても知らないからね！」

一番年長と思われる女性の声が周りに、そして俺の心にも響く。

……なるほど、これがミズルさんの言うメインイベントというやつか。

チラッと女性陣に目を向けると、数は総勢20人くらい。

下はメイちゃんから、上は推定30代半ばくらいの方までおり、皆が風呂を囲って楽しそうにしていた。

しかし、一方で周りを囲う男性陣の方には妙な緊張感が漂っており、横の2人に視線を向けると、ミズルさんは何か企《たくら》んでいるようなスケベ顔に。

紳士を装っているアルバさんも、ちゃっかり鼻の下を伸ばしてソワソワしていた。

徐《おもむろ》に風呂場を離れ、護衛のために風呂の周囲へ散っていく男達。

当然ジンク君やポッタ君も、誰かとセットで風呂の近くから追い出されている。

そんな中、俺はどの配置についてどう動くべきか、脳を高速回転させながら考えていた。

もちろん、スケベ心とはまったく違う理由からである。

そして現状の危険性を理解し、すぐさま女性陣のボスへと進言した。

「すみません！　僕はロキと言うんですけど、事前に1つ確認しておきたいことが」

「え？」

「女性陣の中でEランクハンターは僕が知る限りロイズさん1人。しかもそのロイズさんは後衛職のはずですけど、スモールウルフの急な接近に対応できるハンターの方はいますか？」

唐突なこの問いに、女性陣だけでなく男性陣までざわめき、すぐ横にいたアルバさんが口を開いた。

「俺の嫁さんは元々Eランクのハンターだったが……」

「うん、もう10年以上前の話だけどね」

なるほど、女性陣のボスっぽいこの人がアルバさんの奥さんだったのか。

そして、他に名乗る人はおらず、ブランクのある奥さんだけとなると……やはり、どちらの面でも危うい。

「あくまで可能性のお話なんですけど、いくら男性陣が周囲を囲っても、素早いスモールウルフが食事の匂いに釣られて間を抜けていく可能性があります。お風呂という状況では何かあっても男性陣が助けに入りづらいので、その辺りは大丈夫なのかなーと思いまして」

このように告げると、女性陣からの不安の声に交じり、周囲からいくつかの舌打ちが聞こえてくる。

ふん、この状況なら緊急事態と称して狙ってくると思っていたが……案の定か。

これでは護衛と言いつつ、一部がスモールウルフを敢《あ》えて巣通りさせる可能性すらある。

というかミズルさんのあの顔はやり兼ねない。

「確かに、武器も防具も無しの状況じゃ、本当に抜けてこられると困っちゃうけど……でもそんな心配までしていたら私達お風呂に入れなくない？」

「そうなんですよね。なので良かったら僕が直接護衛につきましょうか？　全方位を守るとなると、ある程度お風呂から近い位置で待機することになりますけど……僕なら確実に寄ってくる魔物を殲滅できます。倒すのは得意なので」

「「……」」

作戦に協力してくれている彼女達を危険な目に遭わせるわけにはいかないのだ。

女性陣だけでなく、男性陣までもが様子を窺《うかが》うような一時の静寂。

そんな空気をあっさりと壊したのは、あまり空気を読むのが得意ではなさそうなメイちゃんだった。

「ロキ君いたら安心だよ？」

この一言で変わる、流れが。

「……いいんじゃない？　まだ子供だし」

「そうね。それにこの子が魔物を1人で倒しているってことは一番強いわけでしょ？　近くにいてもらった方が安心してお風呂に入れそうだけど」

「そうだねぇ。もう安心しきってたけどここは魔物の巣、何かあった後に後悔したって遅いし……それじゃロキ君には近くにいてもらおうか」

「「「賛成〜！」」」

俺が静かに風呂の傍《そば》へ陣取ると、同時に背後からスルスルと服を脱ぐ音が聞こえてくる。

企みを潰されたせいか、ミズルさんが下唇を噛みしめながら俺を横目でチラリと睨《にら》むが。

「ふん！」

「ぶへぇっ!?」

その瞬間、ミズルさんに向かって物凄い勢いで石が飛んでいく。

あの程度で石を投げられるとは、なんて恐ろしい世界だ……

おまけに投げたアルバさんの奥さんもただ者ではない。

だが、今は生まれたての小鹿みたいに震えているミズルさんを気にしている場合ではないのだ。

（さて、こんな時のためのスキルがあったはずだが……）

全方位からの突発的な襲撃に備えるため、【探査】と【気配察知】を発動させつつも、1つのスキル――【視野拡大】に意識を向ける。

狩りでいつの間にか取得していたこのスキルだが、なんといってもこのネーミングだ。

もしかしたら背後まで見えてしまうかもしれないわけで、まさにこの時のためにあるスキルと言っても過言ではない。

(今まで視野が広がった感覚なんてないから、たぶんアクティブ系だと思うが……)

もしかしたらスキルレベルが上がっているかもしれないし、まずは詳細説明を確認しておくか。

そう思ってステータスのスキル画面に視点を移した瞬間――

「え?」

驚きから、思わず声が漏れ出てしまう。

(なんで『New』がスキルの横に付いてるの……?)

▽　▼　▽　▼　▽

取得スキルが増えてくると、何を追加で取得し、どのレベルが上がったのか分かりづらい。

だから新しく何かを得られたら『New』でも付けばいいなという――ただただステータス画面に向かって口走っただけの勝手な願望。

できるとは思っていなかったし、どんぐりがしてくれるとも思っていなかった。

だが、実際俺の視界には――

【棒術】Lv5『New』

――このように表示されている。

数日前、冗談半分で望んだ仕様がそのままに適用されていた。

（なぜ、追加されたのだろう……？）

これを見て真っ先に感じたのは、喜びよりも疑問だった。

あれだけ俺にスキルを与えるのは渋っていたどんぐりが、ポロッと出た願望を簡単に実現してくれるとは考えにくい。

だが現実にはその願望が反映されている。

そして原因がさっぱり分からない。

（なんだ……何か条件を満たした……？）

どんぐりが表面上俺に与えたのは『若返り』と『ステータス画面を見られること』。

だがこれらとは別に、『魔物を倒せば所持しているスキル経験値を得られる』という、隠れた何かも俺に与えている。

当然どんぐりには何かしらの目的があって、この謎のスキルかも分からないモノを俺に与えたはずだが……

今までラッキー程度で然程《さほど》気にしなかった、俺だけ、もしくは転移者限定のこの現象も、冷静に考えれば見えてくるものがある。

（魔物を倒せばスキル経験値が得られる——となると、当然俺のようなタイプは喜んで魔物を倒すようになる。現に今がその状態なわけだ。ということは、どんぐりは俺に大量の魔物を倒してほしかったってことなのか？　そう仮定すれば、倒した成果をすぐに確認できるという意味で、『ステータス画面を見られること』とは上手く繋《つな》がっているような気もする。つまり、魔物を大量に倒したから、ご褒美的な何かで願いを叶《かな》えてくれた……？）

考察したのは自分自身なのに、それでも「ほんとかよ？」と首を傾《かし》げてしまう内容だ。

どうしても最初に出会ったケチ臭いどんぐりのイメージが強いため、俺のプラスになるようなことはしないだろうという先入観が邪魔をしていた。

ん——……

もう一度ステータス画面を開き、一通りのスキルを確認していく。

【棒術】【夜目】【粘糸】【噛みつき】【突進】……

これらのルルブで狩っていれば勝手にレベルが上がっていくスキルの他に、【短剣術】【魔力自動回復量増加】【魔力最大量増加】など。

既に取得していた複数のスキルに『Ｎｅｗ』が付いているので、スキルレベルが上がれば横に表示されるということがこれで分かる。

あとは【料理】【剛力】【鋼の心】なんかは新しく取得したスキルだな。

【料理】だけは取得時にアナウンスで気付いたが、他は乱戦中だったためか気付かなかった。

だがスキル名の横には『Ｎｅｗ』と表示されているので、最近取得したことがこれで分かる。

……うん、でも起きた変化はそれくらいだ。

あくまで新しく取得した、もしくはレベルが上がったスキルに『Ｎｅｗ』と付いて分かりやすくなっただけ。

『Ｎｅｗ』を付けるための努力は今までと変わらず俺自身が積み重ねていくしかなく、この追加要素があったからといって、俺自身が強くなることはまったくない。

ならどんぐりが設定《コンフィグ》として機能を追加してくれたというのも、なんとなく納得できてしまう。

(となると、その基準が何か……試してみるか)

そう思った俺は小声で呟《つぶや》いた。

「俺の所持金を表示してほしい」

ゲームなら必ずと言っていいほどある仕様だろう。

そして強さには直接関係のない、ただの便利機能だ。

今の手持ちが0ビーケだったとしても、0と表示されれば進展があったことになる。

これならどんぐりでも納得してくれやすいはずだ。

だが――

(何も変化無し、と)

数度ステータス画面を閉じたり開いたりしてみたものの、画面が変化した様子はない。

ダメ元だったため大した落胆もないが、何を基準に条件を満たせたのかは依然として不明のままだ。

（魔物をいっぱい倒してほしくて、それを俺は実行して、そのご褒美だったとして……ん？ってか、これってスキルだよな？）

思わず表示されているスキルを上から手当たり次第に確認していく。

（うん、うん……やっぱりだな）

表示されているスキルも魔物専用のスキルも、スキルレベルが存在しないモノは今のところない。

全て『10』までのスキルレベルが必ず存在している……ということは、隠されたこのスキルにもレベルが存在し、そのレベルが上がった——

こう考えると一番シックリ来る気がする。

『ステータス画面を見られるスキル』が、いつレベル上昇したかは分からない。

戦闘中に気付かずという可能性もあるにはあるが、他のスキルの上がり方を考えれば、スキルに関連する行動を取れば経験値が貯《た》まり、そしていずれレベルが上がるんだ。

ということは、今見ているようにステータス画面を開いている時や、何かしらの操作をしている時に経験値が貯まると考えた方が自然だろう。

そして、今もこのスキルは『空白』のままで表示されていない。

つまり、見えないスキルのレベルが上がってもアナウンスはされず、もしくはされても見えず、俺自身もいつスキルレベルが上がったのか分からない可能性が高いんじゃないのか？

この考察に対して検証ができるのはまだまだ先の話だろうけど……

いつの間にか所持金が表示されるようになっていれば、『ステータス画面を見られるスキル』のレベルが上がったということだし、所持金表示が無理だったとしても、不定期にいろいろな願望を呟いていればそれが突如反映される可能性もある。

そしていつまで経っても何も追加されない場合。

その時はどんぐりがたまたまの気まぐれで、この『Ｎｅｗ』という機能を追加してくれたと思うしかないだろう。

それは言い換えれば、頻度は分からないにしてもどんぐりが俺を見守っている、悪く言えば監視している可能性があるということになる。

ここまでの仮説を終え、大きく深呼吸をした直後――

「　」

――俺は背筋がゾクリとし、思わず呼吸が止まる。

違う、重要なのはこっちじゃない……

これはただの便利機能なのだから、スキルレベルという存在があってもなくても、便利か不便かという違いだけで済む。

だが……もう1つの空白スキルは『若返り』だろう……？

「おーい、ロキくーん！」

こちらにももし、仮説通りスキルレベルがあったとしたらどうなるんだ？

さすがに幼児へ逆行なんてことはないだろうけど、普通に考えればスキルレベルが上がるほど、自身の身体的な成長が遅くなるというものじゃないのか？

そしてその行きつく先は――

まさか、不老に近い、長い寿命が得られる……？

「おーい！」

なんという気持ち悪い感覚……

喜びと恐怖の感情が同時に襲ってくる。

以前女神様達は、短命な人間ではまず取得できないようなスキルが複数あることを教えてくれた。

非常に効果の大きい、それこそ長命種でしか取得が難しいスキルだって手にすることができるのかもしれないが……

そんな都合の良い話だけで済むはずもないだろう。

老いることができない、1人取り残されていくというのはきっと想像以上のモノで、そのことに絶望し、後悔する未来もなんとなく見えてしまう。

まだ、この【若返り】スキルを制御できるのなら別だが……

そもそも俺に、このスキルを使っているという認識がないのだ。

ということは、常時発動しているパッシブ型。

つまり、俺に止める術《すべ》は、ない……？

いやぁあああああああ!?

「こらー!!」

「なに!?」

「「………」」

「あっと、これは、不可抗力で……」

「石入れるとブクブクしてるけどなんでー？」

咄嗟に肩を掴まれたので、思わず振り返っただけ。

俺が悪いわけじゃないと思うんです。

怒るなら、くだらない質問をしたメイちゃんを――

バチーーンッ！

「おぼっ!?」

さすがハンター……

なんだかんだと凝視してしまったロイズさんにビンタを食らった俺は、さほど痛くはないけど衝撃は殺せず、気持ちよく川に転がされた。

▽▼▽▼▽

「それでは皆さん、お疲れ様でした！」

皆が口々に感謝の言葉を投げかけてくれる中、俺は顔に紅葉のような手形を付けつつも、今日の参加者に向けて挨拶をする。

俺を見て鼻の穴を膨らませながら笑っているミズルさんには、そのうちどんな天罰を食らわせて

やろうか。

「ロキ、本当に今後もこの風呂を使って構わないのか？」

「一時期的な滞在のために作ったものですから大丈夫ですよ。ただし――」

「自己責任、だろ？」

「ええ。僕が魔物を間引くとか護衛をするとかはできませんから、今回のように団体さんで来るなり、継続してここを新しい狩場にされるなり、その辺りはハンターの皆さんで話し合ってください。消耗品になりそうな栓の作り方は先ほど説明した通りですので」

結局1日限りと思ったお風呂パーティーは予想以上の反響があり、今後も空いている時は使わせてほしいという要望が殺到した。

だから俺は自己責任の下なら好きにして構わないと、水の温め方、そのうち間違いなく壊れる栓の作り方を説明しておいたのだ。

さすがに石材なら、風呂自体が壊れることはまずないだろう。

長いこと放置しちゃうと、風呂場まで辿り着くのは結構大変だろうけどね。

「あとちょっとでベザートに戻ってくるんだろ？　戻ったら声掛けろよー！」

「またね～！」

「それじゃ！」

ジンク君達含め、皆が去っていく姿をボンヤリと眺める。

ベザートの町へ戻る、か。

確かにそうなのだが、戻ったら俺は拠点を移動することになるんだけどなぁ。

この周辺で狩れる適正狩場がなくなるんだ。

こればかりは強さを求める俺にとってはどうしようもないこと。

つまりジンク君達や、話すことも多かったハンターギルドの人達ともお別れだ。

(まあ……今生の別れというわけでもないしな……)

別に顔を見たくなれば戻ってくればいい。

それだけの話だろう。

それに転移系スキルはある。

それは女神様達との会話で確信している。

いつだったか、超長距離転移は人種にはできないとリガル様が言っていたんだ。

つまり超じゃない、普通の転移系スキルや魔法ならあるということ。

それにヤーゴフさんが言っていた東の国に住む大金持ちの転生者は、間違いなくこの転移系を所持しているはずだ。

大量の物資を東から西へ、一気に運んで荒稼ぎしているわけだからな。

だから今考えるべきは、ビンタで止まってしまっていた若返りスキル。

こいつのレベルが上がってしまった場合だが。

「結局、考えたところでどうにもならないよなぁ……」

勝手にレベルが上がってしまうのであれば、俺にはそれを止めようがない。

ただ上がりきるまでには相当な時間がある。

なんせ仮説通りならレベル10まであるんだ。

10が若返り能力のマックス、不老だったとしても、自然上昇でスキルレベル10まで持っていくとなれば何十年かかるんだって話になる。

そしてそれまでは若い身体を維持できるかもしれないというメリットもあるんだ。

その間に何か打開策を見つけられるならそれで良いし、よくよく考えれば不老になっても不死というわけではない。

なら万が一老いなくなってしまったとしても、長く生き過ぎて人生に疲れたとなれば自ら命を断つという選択肢があるのだから、そう考えれば十分な救いになる。

一気に若返ったことから、若返りの能力を俺が根本的に勘違いしている可能性だってあるわけだし、今アレコレ考えてもしょうがないことだろう。

なら……うん、いつも通り。

直近の目標をコツコツとクリアしていく。

その結果やれること、できること、行動の幅が広がっていくわけだから、今は目先の目標。

レベル17を目指して頑張ろう。

そう気合を入れて振り返る。

「ただ……まずは一度掃除かな」

なんだか使用感溢れる姿になってしまった風呂を見て、俺は思わずそう呟いた。

▽
▼
▽
▼
▽

まだ早朝とも言える時間帯。

狩りの集合場所となるベザート北門で仲間を待っていると、最後の1人が必死の形相でこちらに駆け寄ってくるのが見えた。

遅れたわけでもないのに何事だ？

フェザーは怪訝《けげん》な表情を浮かべていると、その男は息を切らしながら言葉を吐き出す。

「た、大変だ！　俺のダチが例の祭りに日雇いで参加してるみたいで……さっき聞いたらあいつら、1日15万とか20万どころじゃねぇ……！　こっ、こないだなんて、潜ってるEランクの連中は1日で100万ビーケを超えたって……」

「はぁ？」

「100万って……パーティとしての収入がってことっすよね？」

「いや、俺も真っ先に同じことを思ったが、そうじゃなかった。1人1人が100万ビーケだ、間違いない……」

「「「……」」」

さすがにその額は、欠片も想定していない。

事態が呑《の》み込めず、聞かされた3人は暫《しば》し押し黙るが、少しの間を置いてフェザーがボソリと呟く。

「俺達だけ、取り残されているということか……？」

「ああ、そういうことになる。クソ……あん時、素直に参加していれば……」

「こりゃー早く狩りを終わらせていたのが裏目に出たっすね……」

「んだな。まともに他のハンター連中と会っていないから、余計に情報が入ってこなかった。今、誰が纏《まと》めてんだ？　アルバはなぜか解体場に毎日いるし、現場で指揮してんのはミズルか？」

「だろうな。それじゃ今からでも参加させてくれって、すぐに聞いて――」

「ま、待て！」

居ても立ってても居られないといった様子で町の中へ戻ろうとする仲間の肩を摑み、咄嗟に引き留めるフェザー。

だが、何か考えがあるというわけではなく、ただの意地が言葉になって衝《つ》いて出ただけであった。

「だからと言って、今更交ぜてくれと頭を下げるのか!?　お前にハンターとしての……トップハンターとしての誇りはないのか!?」

「くっ、悔しいに決まっているだろう!?　今から参加を願い出たんじゃいい笑い者だ！　でもさすがに、ここまでデカい金になっているんじゃ……」

「一度は断っている分、余計にキツいっすね……それにもう半月近く経ってるんすから、今更参加できるどうかだって怪しいっすよ」

「下手をすりゃ、恥だけ掻いて参加できずに終わる可能性だってあるか……」

中途半端に引き留めたことで、動くに動けなくなった仲間達。

「……じゃあ、こういうのはどうだ？」

その状況を見兼ねて、リーダーであるフェザーは口を開く。

しかしその顔は納得できる答えに辿り着いたような、いつもの自信に満ち溢れた表情をしていた。

「俺達は俺達で今まで通り狩りを行い、そのあとは解散せずにギルドで酒でも飲むってのはどうだ？　夕方には潜っているEランクの連中だって戻ってくるだろうし、会えばそれとなく話も聞けるだろう。過去の最高額などではなく、その日いくら稼げたのか、今人手が足りているのかもな。そして――」

「そして？」

「小僧でも、ミズルでも、誰だっていい。再び誘われた時に、稼ぎ次第で受けてやればいい」

「なるほど。俺達を交ぜれば相応の働きをすることくらい皆が分かっているだろうしな」

「それなら恥だけ掻いて終わるなんてこともなくなるか」

「さすが兄貴。もしかしたら今まで誘いたくても誘えなかっただけかもしれないですし、その方が楽でいいっすね」

こうして、一度動きを止めたフェザーパーティは再び動き出す。

しかし参加を狙う祭りはあくまで一時的なモノ。

あと2日で終わってしまうことを、恥を恐れる小さな町の元エースハンター達はまだ知らないでいた。

第18話　旅立ちに向けて

引き籠り生活17日目。

「急げ急げ急げー！」

俺は焦りながらルルブの森を駆け回る。

現在の時刻は腕時計時間で13時頃。

ミズルさん達《たち》は今日も来ているはずだが、いつも何時くらいに帰っているのか、そのタイミングまでは分からない。

レベルを17に上げ、ミズルさん達がいるうちに声を掛けなければ、彼らは明日もあると勘違いしてまた来てしまう。

そうなればもう1泊決定だ。

余計なことを言ってしまったと、かなり後悔した。

最終日はこちらから声を掛けるなんて言ったもんだから、声を掛けなければそのまま続いてしまう。

正直、もうオークも、スモールウルフも、リグスパイダーも。

全部見飽きたし、そろそろベッドででだって寝たいんだよ！

「お？　よーし、捉えた！」

【探査】で10体近い魔物がいる方面へ走り、そしてそのままその団体の中を通り抜ける。

これで最初から追いかけている魔物も含めて30体超。

背後からスモールウルフが頻繁に噛《か》みついてくるが、そんな細かいことは気にしていられないとばかりに、敢《あ》えてリグスパイダーが2匹被《かぶ》る地点に向かう。

「ふぅ……はぁ……よっしゃ来いやー！」

射程に入ったためリグスパイダーから【粘糸】が噴出される中、引き連れてきた魔物達が一斉に群がる。

（まだだ……まだオークが追い付いてない……いてっ！……まだ……まだ……今ッ!!）

そして全ての魔物がしっかり近付いてきたら発動。

『無数の、かまいたちで、周囲の、魔物を、皆殺せーっ！』

ビュビュビュビュビュビュビュッ――……

やっていることは、昔ハマったゲームで流行《はや》っていた纏《まと》め狩りだ。

釣り役が走り回りながら魔物のヘイトを取っていき、複数体を一気に引き連れながら殲滅《せんめつ》部隊がいる場所へ。

そこで範囲攻撃をブチかまして一網打尽にするというやり方。

俺の場合は釣り役も殲滅役も全て1人というのが悲しいところだけど、適度にスピードを抑えれば魔物はしっかりついてくるので、魔力さえ気にしなければかなり効率的になる。

もう町に帰るんだから、敢えて魔力を残す意味も、そして素材に気遣う必要もない。

細切れにされていく魔物達を見つめながら――

『レベルが17に上昇しました』


「おっしゃ！　目標達成！」

そう叫んだ俺は、まだ皆いてくれよと願いながら、すぐさま森の入り口方面に向かって走り出した。

▽　▼　▽　▼　▽

「今まで本当にありがとうございました！」

なんとか合流に間に合った俺は、ルルブの森入り口にある草原地帯で挨拶をする。

といっても町へ移動しながらだ。

荷車には今日も大量のオーク肉や素材が積まれているため、俺のしょうもない挨拶なんかでその鮮度を落とすわけにはいかない。

周囲を見回すと、回収班のEランクハンター約30名の他、解体班が20名ほど、運搬班の人達もここにいるだけで20名ほどおり、想像以上の大所帯。

しかも解体班や運搬班は交替制で、実際この作戦に協力してくれた人達は倍近くいるというのだから、今更ながらその規模の大きさに驚いてしまう。

そして多少の怪我《けが》くらいはあったものの、1人も死人が出ることなく無事に作戦が終えられた。

そのことに俺は心の底から安堵《あんど》し、長く溜息《ためいき》を漏らす。

「礼を言うのはこっちだぜ？　ボーナスタイムは今日で終了ってな！」

「そうねぇ。明日以降は前の収入に戻るかと思うと気分が滅入《めい》るわ……」

「そこは分かっていたことだからしょうがないでしょう？」

「ロキ神の代わりに、魔物を大量に倒してくれるやつが現れりゃいいんだけどなぁ！」

「無理だろう。そんなやつが仮に現れても、ベザートに留《とど》まるわけがない」

ミズルさんパーティの中で一番寡黙な近接ハンター、ザルサさんの言葉が心に刺さるな。

楽に狩れるようになれば、さらに上の狩場を求める。

もちろん安定を重視するハンターだっているだろうが、より高い収入、名誉、刺激を求めて、今までもベザートから出ていったハンターはそれなりにいたのだろう。

ここではEランク止まり、良くてDランク昇格で終わってしまう。

そして仮にDランクへ昇格しても、そのランクを活《い》かせる依頼はベザートにまったくと言っていいほど存在しない。

「んー で、ロキはこれからどうすんだよ？」

だからミズルさんの質問に、俺は即答する。

「次はマルタという町に行ってみようと思います」

ベザートから唯一街道が延びている、ラグリース王国南部の交易拠点。

そこに行けば新しいスキルを持った魔物、より上位ランクの狩場があるかもしれないし、この世界に対する新しい発見だっていろいろとあるはずだ。

そう思うだけで今からワクワクしてしまう。

「ほら、やっぱり予想通りじゃないですか」

「んだなー分かっちゃいたけどよ」

「寂しくなるわねぇ」

「はは……一度装備のメンテナンスもしたいですし、すぐのすぐというわけじゃないですが」

「んじゃ1回くらい飲み行こうぜ？　相当稼がせてもらったからな！　ロキの分くらい俺が出してやらぁ！」

「金もそうだが、ロキ神のお陰で町の共同風呂ができたんだから、その礼も兼ねてだな！」

「賛成だ」

「僕も賛成ですが、リーダー、そこは皆の分もじゃないんですか？」

「ば、馬鹿野郎！　マーズも俺も収入は割ってんだから一緒じゃねーか！」

「それでも出すのがリーダーというもので――――」

飲みかー……

日本で言う、打ち上げみたいなものかな？

そう考えると、半月掛けて一丸で取り組んだ仕事が大成功となれば、前の会社なら間違いなくやっていたであろう催しだ。

それも三次会、四次会と朝までコース。

笠原《かさはら》さんが三次会あたりで脱ぎ始め、気付けば俺はスーツ姿のまま自宅の玄関で寝ているという、なんともいえない記憶が蘇《よみがえ》る。

しかし、この世界の法律だと俺は飲んでも大丈夫なのだろうか？

この会話の流れだと、俺くらいなら問題なさそうな気もするけど……

「お酒を飲むのに年齢制限とかはないんですか？」

「え？　何よそれ、そんなの聞いたことないわよ」

「あー……ロキの住んでいた国はそんなもんあったのか？」

「ええ、お酒は20歳になってからと」

「はぁ？　なんだそりゃ！　結婚の祝い酒すら飲めねーじゃねーか！」

「ああ。この国のお母さんを見ていると、皆さん若いうちに結婚されてそうですもんね」

「10代も後半になれば結婚する人は多いですから」

「そうだな！　だからロイズの年にもなれば行き遅れと言われる！」

「「……」」

「僕は何も言ってませんからね」

「俺もだ」

バチンッ!!

なんか数日前に俺も食らった音がしたけど、自業自得だし気にしないでおこう。

でもそっか。

飲んでも問題ないなら、この世界のお酒を一度経験してみるのもいいかもしれない。

そして周囲には、その打ち上げに交ざっていいものかどうか様子を窺《うかが》っている、他の参加者達が大勢いた。

だったら――

「問題ないなら喜んで参加しますよ。感謝しているのはこちらですから、お金は全部僕が出します。なので今回話す機会のなかった他の方々も、時間の都合がつくならぜひ参加してくださいね。どこのお店にするかは皆さんにお任せしますので」

「「「おぉおおお!!」」」

皆の協力がなければここまで狩りに没頭できなかったのだから、最低限これくらいのことはしておくべきだろう。

俺は思わず苦笑いを浮かべながら、皆の嬉《うれ》しそうな顔をぼんやりと眺めていた。

▽　▼　▽　▼　▽

「どうも、こんにちは～」

誰もいないカウンターから声を掛けると、奥で作業をしていたパイサーさんがのっそのっそと現れる。

「おうロキか。って、随分と装備がくたびれてねーか？」

「ははは、ちょっとルルブで頑張ってきまして……今日はメンテナンスをお願いしたくて来たんですよ」

職人じゃなくても、自分の装備がどんな状態なのかはなんとなく分かる。

散々スモールウルフに齧《かじ》られた革鎧《かわよろい》は傷が増え、剣だって何千匹倒したのだろうか？

最後の方はオークの首を刎《は》ねる時に違和感があったし、刃毀《はこぼ》れも少し目立つようになってしまっている。

特に解体用にも使っていたナイフは、かなり雑に振り回していたのでさすがにもうそろそろ寿命だろう。

とりあえず鎧は脱げと言われたので、剣をカウンターに置きつつ革鎧を緩めていると、その様子を眺めながらパイサーさんが話しかけてきた。

「噂《うわさ》は聞いてるぞ？　町にも戻らねーでルルブに籠ったとか」

「そうなんですよ。あそこは換金効率が悪くてですねぇ。それなら町に戻らなくてもいいかなーと」

「まったくアホなことを……それで装備がこの有様になったのか」

「人が長く入らなかった川沿いを狩場にしたら、想像以上に魔物の数が多くて驚いちゃいましたよ！　その分効率が良かったので助かりましたけどね」

言いながら引き攣《つ》った顔をしているパイサーさんに脱いだ革鎧を渡すと、全体を眺めながらボソッと呟《つぶや》く。

「補修もできるっちゃーできるが、買い替えって選択肢も――」

「補修でお願いします」

思わずパイサーさんの言葉に被せてしまった。

この装備で力不足と感じることはないし、それぞれに付いた【付与】は俺にとって有難いものだ。

いずれ買い替えることは間違いないんだけど、まだその時ではない。

「ふん……お前がそう言うならそれでいいがな」

どことなく嬉しそうなパイサーさんに確認しておく。

「ちなみにどれくらいかかりそうですか？」

「剣で1日、鎧で2日ってとこか」

「了解です。それじゃまたそのくらいになったら取りに来るとして、1つパイサーさんに聞きたいことが」

「ん？」

「【付与】って1つの装備に対して1つだけですか？」

ルルブに籠っている時から気になっていたことだ。

付与がいくつも付けられるのなら、俺の戦力は大きく上がる。

そして残高がいくらかは分からないけど、当面お金の心配をする必要がなさそうな今の状況であれば、ある程度の大金を【付与】に注ぎ込むこともできるだろう。

というか、現状ではそれくらいしかお金の使い道が見出《みいだ》せない。

もし重ねられるようであれば、今から魔石屋で質の良さそうな属性魔石でも買ってこようかと思っていたわけだが。

「装備の素材や材質、あとは〈付与師〉のスキルレベルによるな」

このような曖昧な返答に戸惑ってしまう。

今愛用している息子さんのお下がり装備には可能なのだろうか？

なんとも言えない顔をしている俺に、パイサーさんは言葉を続ける。

「まず結論から言っちまえば、この剣と鎧にこれ以上の【付与】はできねぇ」

「えぇー……」

「文句言おうがこの程度の素材じゃ、たぶん【付与】のスキルレベルに関係なく無理なはずだ」

「はず？　確定していないんですか？」

「ああ、魔法やスキルの仕組みなんてどれも手探りだからな」

そう前置きをしつつ教えてもらった【付与】の仕組みは少し複雑で、しかし考察のしがいもある内容だった。

まず装備は武器と防具、それに鍛冶職とは別の専門職で作られる装飾品《アクセサリー》と、大別すれば3種に分かれ、それぞれにはランクがある。

このランクは主にどの素材を使用しているかというもので、低ランクハンター――、つまり今の俺クラスが愛用している鉄素材や、そこらの低級な魔物から採れる革なんぞは当然のことながらランクが低い。

そして希少鉱石や高位の魔物から採れる高ランク素材になってくると、素材と魔力の親和性が高いから――というのが通説のようだが、『多重付与』の実例も増えてくるという。

また【付与】を行う者のスキルレベルが関係していることも判明しており、もちろんスキルレベルの高い者の方が多重付与の成功事例も多い。

加えて以前軽く説明を受けたことだが、【付与】には『スキル付与』と『属性付与』の2種類があり、同じ系統の付与を重ねるよりは、別系統の付与を重ねた方が成功率は高くなる。

要は『スキル付与』＋『スキル付与』より、『スキル付与』＋『属性付与』の方が成功しやすいってことだな。

現在公表されている――と言ってもあくまで書物に残されていた古い記録のようだが、【付与】の最高事例は1つの装備に3つまで。

なので高ランク素材を使用した装備を作り、その装備を高レベルの〈付与師〉に依頼し、さらにスキル付与と属性付与を交ぜれば3つ重ねられる可能性も出てくるということ。

そして目の前にある俺の愛用装備は、残念ながら素材ランクが低く、パイサーさんもレベルまでは言わなかったが【付与】のレベルも低く……

過去に似たような素材で『スキル付与』＋『属性付与』を頼まれたことはあっても成功したため

しがないので、今の俺の装備で重ね掛けは無理という結論になったらしい。

（ふーむ。なんとなくは分かったが、地味にしっくりこない部分も……さすがにこのレベルの素材なら【付与】は1種と断定できるんじゃないのか？）

パイサーさんは鉄素材や低級魔物の革でも〝たぶん〟無理という。

でもそんなの、【付与】スキルをカンストさせた人が試せば一発だろう？

そう思って聞いてみると――

「バカかお前は。スキルレベル10到達者なんて滅多にいるもんじゃねーぞ？　いたって加護の乗りやすい戦闘系スキルでたまに噂が流れるくらいで、ジョブ系とか生活系統スキルじゃまず聞かねーしな。数百数千年と生きてるような長命種なら有り得るかもしれねーが……普段からあまり表に出てこないような連中が情報開示に協力的なわけもないし、レベル10で試すという前提がおかしいだろ」

――このように、訳の分かんねーこと言ってんじゃねぇとばかりに猛反撃を受けてしまった。

加護が乗りやすいというのは、以前教会のメリーズさんから聞いた職業による上方補正のことだろう。

その手の職業ボーナスがあっても、スキルレベル10のハードルは相当高いか……

でもまぁ、よく考えればそれもそうかと納得してしまう。

魔物討伐数という目安で言えば、スキルレベル4から5へ上げるのに10倍ほど。

約１００体から一気に１０００体の討伐数を要求される。

あくまで魔物の所持スキルがレベル1ならという前提だが、レベル5に上げるだけでこれだけの同じ魔物を倒さなければいけないんだ。

となれば、レベル9や10の要求数がどれほどになるかはもはや想像もつかない。

おまけにスキル経験値の自然上昇は、いくら関連する行動を取っていてもかなり遅いことを考えると——

生涯、何か1つのスキルに、心血を注ぎ込んだという人でもなければ到達しない域。

それがスキルレベル10なんだろうな。

——しかし。

「異世界人は高レベルスキルを所持しているんですよね？」

「……ああ。だからあいつらは『異端』やら『化け物』なんて呼ばれ方をする。【付与】持ちの異世界人なんて聞いたことはねぇがな」

「……」

ギルドマスターのヤーゴフさんと同じかな。

今の話し振りからすると、あまり異世界人に良い印象は持っていなさそうだ。

となると、いざという時に俺の素性は明かしづらいか……話を変えよう。

「ちなみに！　装備1つにつき付与が1つだとするなら、複数の【付与】付き装備を持てば効果が重複するということですか？」

話を聞く限りでは、これが抜け道じゃないのか？

鉄素材の武器1つに付与1つなら、安くて小型の武器を複数持てばいい。

忍者の手裏剣のような感覚でいけば、10個くらい携帯しても重さ的には問題ないだろう。

「まぁそう考えるわな。高みを目指すやつは皆そう思う。だからその答えは検証されているぞ。答えは制限があるだ」

「んん？　その制限とは？」

「武器は2種。防具はモノによって部位分けも様々だが全部ひっくるめて2種、ただし盾は別種扱い。装飾品も2種。これが【付与】の効果を発揮できる上限装備個数だ」

「なるほど……つまり盾持ちは最大7種、それ以外は最大6種の付与付き装備を着けられる。そして素材や〈付与師〉のスキルレベルによっては、1種に複数の【付与】も一応可能ということですね」

「そうだ。だからお前なら、まずはこのショートソードの他に、【付与】の付いたサブ武器を所持するのが良いだろうな」

ほほう、サブ武器か。

となると解体用のナイフとは別にした方がいいだろうか？

どうしても解体用ナイフは消耗、劣化が早いような気がするし、そこに【付与】を乗せて使い捨てにするというのも微妙な気がしてくる。

「ん～、パイサーさんにサブ武器の【付与】を依頼したら、おいくらかかりますか？　内容は【魔力最大量増加】か【魔力自動回復量増加】で」

「スキル【付与】の方なら、正規の依頼だと100万ビーケは貰《もら》う」

「……なるほど。ということは、普通なら解体兼用のナイフなんかに付けないってことですね」

「そりゃそうだろう。【付与】なんざ当面はこれだっつう、長く使いそうな装備に付けるもんだ。ベザートなんかじゃ【付与】付き装備を持っているやつの方が圧倒的に少ない」

ふーむ……

ここで俺は一旦思考する。

普通なら付けない――、それは金銭的な事情が主な理由だろう。

5~10万ビーケの解体用ナイフや入門装備に100万ビーケ払って【付与】を乗せても、元が取れるかとなると疑問を感じる。

そして俺はというと、金の面は問題ないが、さして愛着もない消耗品の解体用ナイフなんかに【付与】を乗せようとは思わない。

だが、ちゃんとした、長く使えそうなサブ武器なら？

ルルブでは魔物の多さから、特に最初の頃は二刀流状態……いや、刀じゃないから二刀流と呼べるかは分からないけど、とにかく両手に武器を握って斬りまくることが多かった。

しかし解体用ナイフが短過ぎて使いづらかったのも事実。

かと言って長過ぎても扱いづらいし、使わない時は狩りの邪魔にもなるし……

ということは、刃渡り50~60㎝くらいの、小太刀みたいな武器ならどうだろうか？

できれば俺は、既に伸びている【剣術】スキルを今後も伸ばしていきたい。

となると、この長さくらいなら剣に該当してもいいような気がするし、形状は今あるショートソードをもう少し短くするようなイメージでいけば、まず【短剣術】の方にスキル経験値をもっていかれることもないだろう。

使わない時にはそこまで負担にならず、いざ使うとなればそれなりの殺傷能力も得られる武器。

うん、これだな。

一応店内を見渡すも、俺が思い描くような大きさの剣はない。

となれば。

「決めました。このショートソードよりもう20㎝くらい短い剣を――素材はパイサーさんが可能な範囲で、できる限り上等なやつを使って造ってください。もちろん多重付与狙いで！」

その瞬間、腕を組んで話を聞いていたパイサーさんは、ニヤリと。

まるで挑戦を受けて立つかのように笑みを零《こぼ》した。

▽　▼　▽　▼　▽

(推定予算は〝1600万ビーケ〟くらいか……たぶん大丈夫だよな？　大丈夫だよね!?)

内心ハラハラしながら向かいの建物、ハンターギルドに足を運ぶ。

俺の要望を受けて立つといった様子のパイサーさんは、「久々に本気を出すか」と、ちょっとカッチョイイ雰囲気を醸し出しながら使う予定の素材を教えてくれた。

「うちの店に1本丸ごとまでは賄えないが、魔銀《ミスリル》の在庫がある。だからそいつと銀《シルバー》の合金を素材にしてみるか。これで切れ味もだいぶ向上するし、何より魔力伝導——魔力との親和性ってやつも今より遥《はる》かに向上するだろう。多重付与が成功するかは出来上がってからでないと分からんがな」

そう説明を受けた時、俺の心臓はバクバクした。

ついに来たか、『魔銀《ミスリル》』と。

シルバーは馴染《なじ》みがあるものの、ミスリルなんてまさにファンタジー世界ならではの素材だ。

それを武器に混ぜるなんて言われてしまうと、ついつい興奮してしまうのもしょうがないことだろう。

確か、以前アマンダさんから説明を受けたハンターランクと鉱石の関係性だと、ミスリルは結構上位のBランクくらいに位置していたはずだ。

ははは……本当ならEランク程度の俺が持てるような素材じゃないわ！

と心の中で自分に突っ込んでしまうも、このようなチャンスを活かすためにお金と経験値をどちらも追ったのだ。

だから聞いた。

いくらだ、と。

するとパイサーさんは答えた。

付与の重ね掛けがいけるか次第だが、たぶん1600万ビーケを超えるくらいになると。

思わず「この店にある最高級展示品より高いじゃん！」と叫んでしまったけど、ミスリルとはそういう素材なんだと言われてしまえば俺は何も言えない。

逆に挑戦的な目で、「お前に払えるのか？」と煽《あお》ってくるパイサーさんに値切り交渉をしようものなら、なんだか負けた気さえしてしまう。

だから——

「余裕です。すぐに取り掛かってください」

——と、思わず啖呵《たんか》を切ってしまった。

そんなわけで今、猛烈にハラハラしているわけだ。

今まで一度もアマンダさんに「いくら貯《た》まってますか？」なんて聞いたことがないし、今回の作戦でいくら稼げたのかもまったく分かってない。

預けた装備のメンテナンスと、新調する剣の製造でトータル6日間。

まず大丈夫なはずだけど、もし足りなかったらどうせ暇だし、久しぶりに特製籠背負ってロッカー平原にでも行ってくるか。

そんなことを考えていたら、アマンダさんの前でブツブツ呟く怪しい人になっていた。

相変わらず近い、近過ぎる。

考え事をする暇もない距離だ。

「ロキ君、意識は戻ったかしら？　それともルルブの森に引き籠って、本格的におかしくなっちゃったのかしら？」

「大丈夫です！　いつも通り考え事をしていただけなので御心配なく！」

「そ、そう……それで今日は、アレの確認よね？」

「ええ。もしかしたら僕は出稼ぎに行かなきゃいけないかもしれないので、できれば今預けているお金の総額も知りたいです……」

「で、出稼ぎに行くほどって、何買ったのよ!?　まさか家？　とんでもない豪邸!?」

「違いますって、武器ですよ武器！」

「な、なら大丈夫だと思うけど……とりあえずアルバやミズル達と一緒に動いていた期間の記録を先に渡しておくから待ってなさい。その後に総額も出してあげるわ」

そう言われて少し待っていると、アマンダさんが一枚のやや大きめな木板を俺に渡してくる。

「今日の分は今彼らが素材内容を確認しているところだからまだよ。だからそれまでの16日間の分がこれね」

そう言われてサッと目を向けた瞬間、俺の鼻から鼻水が垂れた。

「ブホッ!!……す、凄《すご》っ……え？　凄過ぎるんですけど……」

「一応言っておくけど、こんな報酬額、ベザートどころかマルタを含めても前代未聞じゃないかしら？」

「あの、確認で、これが3割の僕の取り分ということで間違いないんですよね？」

「もちろんよ」

マルタはよく分からないが……確かにベザートで言えば前代未聞の報酬額と言えるだろう。

一番上に書かれている1日目の41万ビーケ。

これは参加者がアルバさんとミズルさんパーティの計6人だったんだ。

素材の厳選し直しをしてもまぁこんなものだろう。

だがここからが凄い……というか、一部は想定していた桁すら違っている。

2日目にいきなり454万ビーケ。

3日目にはさらに倍近い886万ビーケ。

そこから1日800万台を推移しているので、3日目の時点で4部隊編成+解体班+運搬班という形がある程度完成したんだろう。

そして6日目になって、全日の最高値である1061万ビーケを記録。

これは川の西側でオークの出現率が上がったのと、森の浅い箇所で回収班の回収頻度が高かったことが原因かな？

以降は日を追うごとに収支は減っていくけど、それでも大きく落としているのは風呂パーティーをしていた11日目だけ。

その日以外は800万ビーケを切ることなく16日目まで続いていた。

(えーと、これに今日の分がさらに足されるとなると……やっぱ！　ルルブだけで1．2億ビーケくらいは稼いでるじゃん！)

想像を遥かに超えた数字に、思わず木板を持つ手が震える。

じゃがバター1個100ビーケだぞ？

串肉だって300ビーケくらい。

宿なんてそこそこ綺麗《きれい》なところで1泊素泊まり3000ビーケの世界だ。

それが、たった半月程度で……ハァハァ……俺ってば、この世界なら大富豪になれるかもしれない……

そんなおかしくなった俺に警戒したのか、アマンダさんに早々と突っ込まれる。

「ロキ君、この変則的な仕事の仕方は今後控えてね？　絶対やるなとは言わないけど、素材の急激な供給は市場を大きく混乱させるわ」

「うっ……おっしゃる通りで、それはアルバさんからも聞いてました……」

「一応残り日数を事前に聞けたから、各町と連携して無理やり調整したけど、このまま続けられてたらギルドでも手に負えないくらいオーク肉の価値は暴落していたんだから」

「だ、大丈夫です！　少なくとも、ここではもうやりませんから」

「そう、ならいいけど……って、それなら今後はどうするつもり？」

「え？　えーと、新調した武器が出来上がったら、次はマルタに行ってみようかなーと……」

「……そう。まぁロキ君の実力からすればそうなるわよね。それで『拠点』は？」

「ん？　拠点、ですか？」

「ええ、拠点もマルタに移すの？」

拠点……そういえばハンターに成り立ての時くらいに説明を受けた気がする。

確か自分のランク以上の依頼を受ける時、特例扱いに違いがあるとかそんな話。

とは言ってもマルタの周辺にどんな狩場があるのか、その辺りを俺はまったく理解していないからなぁ。

それに報酬の預け入れや引き出しが拠点を変えることでどう影響するのか、それ次第だと思うが。

しかしアマンダさんは隠しもせず、拠点を変えてほしくなさそうな雰囲気を醸し出していた。

うーん……

「他にどんな狩場があるかも分かっていないですし、お金の面で僕に不都合がないようなら、そのままにしておいても構わないんですが……」

「え、ほんとに!? それじゃぁまた戻って――」

「アマンダ、あまり踏み込んではロキも迷惑だろう」

「「え?」」

アマンダさんと共に声の方へ振り向くと、そこにはヤーゴフさんが立っていた。

「ルルブの遠征からロキが戻ってきたと聞いてな」

「ええ、先ほど戻りました。過度な供給でだいぶ迷惑を掛けてしまったみたいですみません」

「ペイロが過労で死にかけていたが、そう頻発するモノでなければ気にする必要はない。ギルドは供給が増えれば基本利益になるし、町の生活も豊かになるからな」

「はは……在庫が多過ぎと思えば、買取額を下げればいいわけですもんね」

「その通り。今回はなんとか維持できたのだから、全員が良い結果になったということだろう」

さすがヤーゴフさん。

マルタへの輸送を増やしたりとか見えないところでいろいろ動いていたんだろうに、表に出さないところがカッコいいぜ。

「それでロキ、落ち着いたらで構わないから一度私のところに来てくれ。今日はそれを伝えに来た」

「以前伺ったあの部屋ですか?」

「ああ、予定が分かったらアマンダにでも伝えてくれればいい。どうせそう日数が空くこともないのだろう?」

ヤーゴフさんはもう、俺が今後どう行動する予定なのかも分かっているんだろうな。

まぁ俺も町を出る前には、お世話になった人達に一度挨拶をしておこうと思っていたんだ。なら何も問題はない。

「分かりました。たぶん明後日《あさって》になるんじゃないかと思いますが、はっきり決まったらアマンダさんにお伝えしますね」

「ああ、宜《よろ》しく頼む」

そう言って階段を上っていくヤーゴフさんを眺めていると、アマンダさんから声を掛けられる。

「今までの預け分も足すと、全部で1億3655万7900ビーケね……ここに今日の分がさらに足されるわ」

「おぅふ……そうでしたか、ありがとうございます」

剣の購入代金なんて余裕過ぎたし。

これで金の心配をする必要は暫《しばら》くなさそうだが、しかし冷静に考えるとまだまだ潤沢というほどでもない。

　メンテナンス費用も含まれているとは言え、Bランク素材のミスリルであれほど纏まったお金が必要なわけだから――うん、いずれその上を目指すとなると、油断せずにもっともっとお金は貯めていかないとな……

「事前に言っておくけど、この金額を一気に寄越《よこ》せとか言わないでよ？　絶対に無理だから」

「ちなみに１７００万ビーケくらいはどうですか？」

「それくらいなら少し時間をもらえれば。それがさっき言っていた武器の値段？」

「そうなんですよ。６日後くらいには出来上がるみたいなんで、それまでにお金を用意しておかないとと思いまして」

「武器って向かいのパイサーさんよね？　あの人が手付けもなしにそんな大仕事を受けたことがまず驚きだけど……分かったわ。そのようにこちらも準備しておく」

「お願いします。あっ、あと――そうですね。ここから３００万ビーケほど引いておいてください」

「？」

　いくらにしようかちょっと迷ったけど、ペイロさんが過労死寸前のようだし、相当迷惑は掛けただろうからな。

「無理言って動いてもらう代わりに謝礼を払うって約束だったじゃないですか。だからこの金額を皆さんで分けてください。後日ヤーゴフさんにも直接伝えておきますので」

「へ？　ちょっ、さすがに多過ぎじゃ……」

「でもここのギルドで働いている人って10人くらいはいますよね？　運搬とか解体で僕の作戦に外から協力してくれた人達も1日2万ビーケの報酬は得ていたようですし、そう考えると適正だと思いますけど……本当に減らしていいんですか？」

そう言って横の若い受付嬢に話を振ると、ブンブンブンと高速で首を横に振った。

うん、実に素直な女性である。

「ギルドの協力なしでは成し得ない作戦だったんですから、皆さんで美味《おい》しいご飯でも食べるなり好きに使ってくださいよ」

最後にそれだけ告げてとっとと立ち去る。

こちとら仙人生活からようやく戻ってきたばかり。

極力時間のロスを減らせるよう、装備関連の用事だけは真っ先に終わらせといたが、本音は今すぐにでも美味しいご飯でお腹《なか》と心を満たしたいのだ。

後ろでアマンダさんが騒いでいるけど、あの人がお金好きなことはなんとなく分かっているからな。

あとは周りが言い包めてくれれば本人も納得するだろう。

さーて、武器が出来上がるまでの6日間。

それまで、狩場に行かずとも強くなれる方法は何かないかなぁ……

▽▼▽▼▽

なんだかんだと葉っぱ布団にも慣れたつもりだったが、やはりベッドというのは偉大だったらしい。

カレー屋のかぁりぃと屋台巡りのスーパーコンボを決め、心地よい満腹感のまま吸い寄せられるようにベッドでゴロゴロしていたら見事に爆睡。

何も記憶がないまま、気付けば朝になっていたのだから驚きである。

窓の外に視線を向けると生憎《あいにく》の雨。

だが、楽しみにしていたことは部屋の中でもできるので、早速手帳を手元に準備しつつステータス画面を開いた。

名前：ロキ（間宮悠人《まみやゆうと》）　レベル：17　スキルポイント残『128』　魔力量：218／218（140＋28＋装備付与50）
筋力：123（68＋55）　知力：75（64＋11）　防御力：177（62＋115）　魔法防御力：80（62＋18）
敏捷《びんしょう》：133（67＋66）　技術：77（61＋16）　幸運：87（67＋20）
加護：無し
称号：無し

取得スキル
◆戦闘・戦術系統スキル
【剣術】Ｌｖ３【棒術】Ｌｖ５【短剣術】Ｌｖ２【挑発】Ｌｖ２【狂乱】Ｌｖ２
◆魔法系統スキル
【火魔法】Ｌｖ２【土魔法】Ｌｖ３【風魔法】Ｌｖ４【魔力操作】Ｌｖ１
◆ジョブ系統スキル
【採取】Ｌｖ１【解体】Ｌｖ２【狩猟】Ｌｖ３【料理】Ｌｖ１【話術】Ｌｖ１
◆生活系統スキル
【異言語理解】Ｌｖ３【気配察知】Ｌｖ３【探査】Ｌｖ１【算術】Ｌｖ１【暗記】Ｌｖ１
【視野拡大】Ｌｖ２【遠視】Ｌｖ２【俊足】Ｌｖ２【夜目】Ｌｖ４
◆純パッシブ系統スキル
【毒耐性】Ｌｖ７【剛力】Ｌｖ１【疾風】Ｌｖ１【鋼の心】Ｌｖ１【物理攻撃耐性】Ｌｖ１
【魔力最大量増加】Ｌｖ２【魔力自動回復量増加】Ｌｖ２
◆その他／特殊
【神託】Ｌｖ１【神通】Ｌｖ２
◆その他／魔物（使用可）
【突進】Ｌｖ６【噛みつき】Ｌｖ５
◆その他／魔物（使用不可）

【粘糸】Ｌｖ４

いや～いいね、だいぶ強くなってるじゃん、俺。

特に筋力と敏捷の伸びがよく、ルルブに入る前よりだいぶ近接寄りのステになってきていることがはっきりと表れていた。

それに新しいスキルも今回の遠征でそこそこ増やせたな。

パイサーさんがジョブ系やら生活系と言っていたので、スキルツリーや並び順からそれっぽく分けてみたが……

こうしてみると、より自分の成長具合を実感できる。

ただ、急にスキルが増えたことで問題も。

「うーん……対応しているボーナスステータスとか、もうわけが分からんな……」

どのスキルがどのステータスと紐《ひも》づいているのか、新規スキルが複数あるため割り出しが難しく、なぜかステータス数値にも良い意味で狂いが生じていた。

どう考えても、１レベルが各種＋３になっていないし、基礎ステータスが均等に上昇すらしていない。

何か特定のスキルが数値を狂わせている？

そう思い、どうせ雨だしこれもいい機会だと、新規スキルやレベル上昇で変化がありそうなスキルを順に確認していく。

【剣術】Ｌｖ3　剣形状の武器を所持している限り、攻撃動作、防御動作にプラス補正が入る（魔力消費0）　任意で1秒間、特定所作に能力値190％の限定強化を行う　魔力消費9

【短剣術】Ｌｖ2　短剣形状の武器を所持している限り、攻撃動作、防御動作にプラス補正が入る（魔力消費0）　任意で1秒間、特定所作に能力値160％の限定強化を行う　魔力消費7

【棒術】Ｌｖ5　棒形状の武器を所持している限り、攻撃動作、防御動作にプラス補正が入る（魔力消費0）　任意で2秒間、特定所作に能力値250％の限定強化を行う　魔力消費13

ふーむ、これは3種を比較した方が分かりやすいな。

1レベル毎《ごと》の能力値上昇が30％というくらいで、武器種が変わっても中身は共通。

ただレベル5になった【棒術】では任意の秒数が2秒に増加しているので、より長いモーションや連撃でもスキルによる強化効果が発揮できるっぽい。

今のところは魔力消費無しで効果を発揮しているプラス補正だけで十分――というより、まだこのわずか1秒2秒のために魔力を消費していられないというのが現実だけど、いずれ魔力総量が伸びてきたら、より火力を引き出せるこの手のアクティブスキルが重要になってくるのかもしれない。

【挑発】Ｌｖ2　注意を自分に向けやすくする　発動範囲20ｍ以内　対象を中心とした半径2ｍ以内の生物に発動　魔力消費7

以前ルルブで使用した際には魔物が一斉にこちらへ寄ってきて驚いたが、詳細を見れば納得の範囲スキルでございました。

格上の狩場で間違って使おうものなら死亡フラグが立つスキル。

逆に格下の狩場であれば、誰かを救出したい時には便利なスキルなのかもしれない。

あと生物が対象というのも面白いところだな。

つまり魔物だけでなく、人にも効くということ……釣りたくはないが。

【狂乱】Ｌｖ２　使用後は全ての通常攻撃動作に能力値１４０％の限定補正を行う　ただし制限時間が経過するまで、周囲の生物に対する通常攻撃動作以外を行うことができなくなる　使用制限時間２分　魔力消費０

ロッカー平原でいつの間にか取得していたと思ったら、今度はルルブでスキルレベルが１つ上がっていた。

何これ、やだ怖い。

手帳の情報と見比べると、能力値が20％上昇した代わりに使用制限時間が1分から2分に増えちゃってるし……

やだやだ、怖い。

危険な匂いしかしないので、やっぱり封印しておこうと思います。

【魔力操作】Ｌｖ１　魔力操作が向上し魔法への応用が利きやすくなる　また魔法発動時間が５％

減少する　常時発動型　魔力消費０

随分大雑把な説明だけど、あると地味に恩恵のありそうなスキルっぽい。

後半の魔法発動時間というのが再発動までのディレイを指すのか、それとも詠唱から発動までのラグを指すのか。

どちらにせよ５％では体感できないと思うので、もう少しレベルが上がってから要検証か。

【料理】Ｌｖ１　料理技能が僅かに向上する　常時発動型　魔力消費０

あったらあったで嬉しいが、今は正直どうでもいい。

【話術】Ｌｖ１　対話能力が僅かに向上する　常時発動型　魔力消費０

コミュ障の俺には地味に有難いかもしれない。ただ必須でもない。

【視野拡大】Ｌｖ２　上下左右の視野が僅かに広がる　常時発動型　魔力消費０

スケベ野郎ご用達《ようたし》スキルかと思ったけど、レベル２でもいまいち差が感じられないので、真後ろを見るとかはいくらスキルレベルが上がっても無理そう。

というか、そんな視界が常時発動されたら頭がおかしくなる。

【遠視】Ｌｖ２　僅かに遠くを見通せるようになる　常時発動型　魔力消費０

視力向上スキルと考えるなら結構嬉しいかも。眼鏡いらず？

【俊足】Ｌｖ２　走る動作に補正がかかり、移動が僅かに速くなる　常時発動型　魔力消費０

スモールウルフと追いかけっこができる程度には足が速くなったものの、敏捷が伸びたお陰か、それともこのスキルの影響かまでは分かっていない。

説明文には『僅かに』とあるので、ないよりはあった方が良い程度な気もする。

【夜目】Ｌｖ４　暗闇の中でも少し視界を確保できる　魔力消費０

詳細説明が詳細説明になっていない。

『僅かに』が『少し』に変わったような気もするが……

とりあえずスキルレベルが上がることで、白黒の世界に色味がどんどん足されていっているのは間違いない。

【剛力】Ｌｖ１　筋力値が５上昇する　常時発動型　魔力消費０

あ、ステがおかしくなっている犯人はコイツか？

この上昇値５がボーナスステータスの方ではなく、基礎ステータスの方に振られているっぽい気がする。

とりあえずあれば嬉しい、大歓迎なスキル。

【疾風】Ｌｖ１　敏捷が５上昇する　常時発動型　魔力消費０
【剛力】と同種、内容からしてもそれの敏捷バージョンだろう。
このスキルも大歓迎。
だが上昇値が微妙過ぎて、希少なスキルレベルを振ってまで上げようという感じはまるでしない。
【鋼の心】Ｌｖ１　精神攻撃に対する抵抗が僅かに増加する　威圧にも有効　常時発動型　魔力消費０
ほほぉ……なんか面白そうなスキル。
これもあると地味に嬉しいタイプだな。おまけに常時発動《パッシブ》で魔力いらずだし。
【物理攻撃耐性】Ｌｖ１　物理攻撃への耐性が増加する　常時発動型　魔力消費０
あれば嬉しいんだが、【毒耐性】と同じく上昇数値が示されていないので、どれほどの効果があるのかさっぱり分からない。
もしかして耐性系統は全部こんな感じなのか？
【魔力最大量増加】Ｌｖ２　魔力最大量を20増加させる　常時発動型　魔力消費０
レベル１と比較し、10増加。

パッシブだから文句は言えないけど……という程度。

【魔力自動回復量増加】Ｌｖ２　魔力自動回復量を10％上昇させる　常時発動型　魔力消費０

レベル１が５％上昇だったので、最終的にはカンストで50％まで伸びそうなことがこれで分かった。

あとかなり重要なのは、定量じゃなく割合ってところか。

強くなればなるほど定量なんてゴミスキル化するものだが、割合なら最終が20％だろうが30％だろうが、相当大きな恩恵になることは間違いない。

おまけに【付与】でさらに重ねられるわけだし……うん。

これで新調武器の【付与】は【魔力自動回復量増加】で確定だ。

となると、普段は今まで通り魔力を極力余らせず、【魔力操作】を意識しながら【火魔法】あたりを繰り返して消費してしまうか、もしくは高速で消費させたい時は【剣術】スキルを連発してもいいか。

できれば空いた時間はスキル経験値が伸びる行動をとっていきたいが、周囲に意識を向けても、誰かと会話をしても。

それこそ１人静かに遠くを眺めても、何かしらのスキル経験値が少しずつ溜《た》まっていくっぽいのだ。

あまりガチガチに考えてもそこまで大きな影響はなさそうだし、コレという本格的に伸ばしたいお気に入りスキルが出てくるまでは、現状【夜目】を積極的に使っておこうかなというくらい。

あとは空いた時間に素振りでもしながら体力作りに励んでおけば問題ないだろう。

そして――……

電卓を叩《たた》きながら数値を書き出し、穴を埋めるように数値合わせをしていく。

すると。

「レベル11から能力値の上昇が4に切り替わっていれば数値が合うかな……魔力も8上昇っぽいか」

判明したのは上昇値の変化。

レベル1～10までは各種能力値が1レベル上昇で3上昇、魔力量だけは6上昇していた。

それが11～17現在までは各種能力値が1レベル上昇で4上昇、魔力量だけが8上昇となっている。

となると、レベル20、レベル30と大台を超えた時、さらに上げ幅が上昇する可能性も見えてくる
――というより、この流れならほぼ鉄板だろう。

つまり、強くなればなるほど、基礎ステの伸びも良くなるということ。

代わりにレベルはどんどん上がりにくくなるのだろうし、そんな仕様であっても一向に構わないが。

「問題は、強者の具体的なステータス値が分からないとなんとも言えないんだよなぁ……」

自分の能力値が相対的に見てどの程度なのか。

これが分からないと、今俺は強いのか弱いのか、どこまで能力値を引き上げれば強いと言えるのかも判断できない。

だが、ステータスでの比較というのはまず今後も絶望的だろう。

なんせ女神様達ですらステータスの存在を知らないのだから。

それでも数値化された自分の強さが少しずつ伸びていくのはたまらないし、効率的に強さを得ようと思えば成長の仕組みくらい理解しておかないといけないので、この手の作業を止める気はないけど。

「ん～他者の強さを測る術か……」

ないことはないのだ。

かつてリア様は俺に、【神眼】を使ってもスキルを覗《のぞ》けないと言っていた。

つまり、他者のスキルを覗く術《スキル》はこの世界に存在しているということ。

だが、スキルツリーにはそのようなスキル名が表示されていない。

【神眼】とは隠された上位スキルなのか、それとも女神様達にしか使えないような特殊スキルなのか。

雰囲気からすると、後者な気もしてしまうが……

これから世界を巡る旅に出るのだ。

自分の身を守るためにも、できれば早いうちからその手の情報くらいは入手しておきたいところ。

最近は便利だった家電製品の話ばっかりさせられてるし、このくらいは女神様に聞いたっていいかもしれない。

――コンコンコン。

と、ふいに部屋のドアをノックされる。

「坊や、起きてるかい？」

「え？　あ、はい」

「ハンターのミズルから坊や宛てに伝言だよ。例の飲みは今日に決定、夕方の鐘の音が鳴ったらハンターギルドに来てくれってさ。あと朝食もできてるから、食べるなら早くおいで」

「あ、了解です。すぐ行きまーす！」

そうか、今夜か。

じゃあそれまでに小さな用事は済ませて、雨なら少しは涼しく感じるだろうし、お腹を空《す》かせるためにも体力作りに励んでおこうかな！

そんなことを考えながら1階の食堂へと向かった。

▽　▼　▽　▼　▽

翌日。

（アァー……頭いたぁ……）

机の上に置かれた腕時計を見ると、既に時刻は11時過ぎ。

こんな遅い時間に起きたのは、この世界に来て初めてのことだ。

【毒耐性】ってアルコールに対しては効果ないんだなぁと思いつつ、フラついた足取りで宿屋の一階へ下りていく。

すると、中庭に洗濯物を干している女将《おかみ》さんの姿が。

「女将さん、すみません……朝ごはんせっかく用意してもらったのに、豪快に寝坊してしまいました」

「珍しいねぇ。って坊や、顔色悪いけど大丈夫かい？」

「昨日初めてお酒を飲みまして。こんなお酒に弱い身体《からだ》だとは思わなくてビックリしましたよ……」

酒に弱い身体というより、まだ身体が小さ過ぎるというのが正解かもしれない。

昨日の飲み会は……まぁ良い人生経験になったのかなと思う。


言われた通り、夕刻の鐘が鳴った後にギルドへ向かうと、俺の計画に参加してくれたハンター達の他、運搬や解体に携わってくれた人達が待ち構えていた。

その数は推定１００人超。

ギルドのロビーは今までに見たことがないほどの賑《にぎ》わいを見せており、俺はあまりの人の多さに若干ビビリながらも皆の後をついていく。

一行が向かった先は、ベザートで一番大きいという大通り沿いの酒場。

貸し切りにされていたのか、俺達が入った時には誰もお客さんがおらず、皆は思い思いの席へ着いていく。

といっても基本はパーティや知り合い同士で固まっていくので、俺は自然な流れでソロになったアルバさんと共にカウンターへ。

その時数名の女性も、空いた席を求めてカウンターに座ったと記憶している。

アルバさんに促されて俺が簡単な挨拶をし、ミズルさんからなぜか俺個人の収支報告を求められ、まぁいいかと発表したら大半が椅子から転げ落ち——

そこからの記憶はあまりない。

運ばれてくる怒濤《どとう》の料理と酒。

目の前に置かれた小樽《だる》のようなジョッキの中身を見て首を傾《かし》げていると、それは『エール』だとアルバさんから教えてもらった。

当然俺は感動した。

これが噂の『エール』かと。

が、口をつけてすぐ常温であることに落胆。

周りの野郎どもが気持ち良さそうにガブ飲みしているのに、夏に飲む、あのキンキンに冷えたビールの味わいを知っている俺はその中に交ざれない。

うぅ……【氷魔法】さえ使えていれば……

そんな思いを抱えて意気消沈している俺に背後から声を掛けてきたのは、ほんのり顔を赤らめた

ロイズさんだった。

正直にあまり美味しくなかったことを伝えると、子供だからしょうがないかと笑いながらも、ならワインはどうか？　と提案してくる。

そして差し出された赤ワインを飲めば、これが結構イケた。

そこまで現代のワインと差が感じられなかったからだ。

だから飲んだ。勧められるままに。

途中で店内の奥からデカい樽が転がされてくるのが見えた。

そこにジョッキを突っ込み、思い思いにガブ飲みしている姿を見て、あんな豪快な飲み方もあるんだなーと。

フワフワした気持ちで眺めていて……

――ウン、記憶があるのはこのあたりまでだな。

その後はどうやって宿屋に帰ったのかすら覚えていない。

咄嗟《とっさ》に腰回りを弄《いじ》ると、いつもの場所にお金の入った革袋がぶら下がっていた。

中身はそれなりに軽くなっているけど、それでもまだ重さを感じるくらいには残っている。

ということは100人近い団体さんでお邪魔したのに、100万ビーケもかからないで済んだということだろうか？

まぁ足りたんならそれでいいか。

この世界の酒は夏場であろうと常温。

そしてこの身体じゃすぐに酔っぱらって記憶が飛ぶ。

些《いささ》か高い勉強代だったが、早いうちにこれが分かっただけでも良しとしよう。

▽　▼　▽　▼　▽

午後になり、軽く昼食を挟んだ後は予定していたハンターギルドに足を運ぶ。

「アマンダさん、ヤーゴフさんへ取り次ぎをお願いします」

「ギルマスは部屋で待っているはずだから、そのままついてきちゃっていいわよ」

打ち上げの日取りが決定した昨日のうちから、ヤーゴフさんとの面会は今日の昼過ぎにと伝えていた。

たぶんベザートを出ることに関してだと思うけど、それ以外にも何かあるのだろうか？

「マスター、ロキ君がお見えですよ」

「入ってくれ」

そう言われて中へ通された部屋は――――うん、相変わらずだな。

というより、木板の数がだいぶ増えて、もはやヤーゴフさんの居場所すら分からない。

「まったく、この部屋も誰かのせいで酷《ひど》い有様だ。大幅に利益が向上したから文句も言えんが」

「それ、文句を言われているのと変わらない気がするんですけど……？」

「何を言っている。目の前にそそり立つ木板に向かって独り言を呟いただけだ」

そんなやり取りをしながらアマンダさんと共にソファーへ座ると、積み上げられた木板の隙間から現れたヤーゴフさんは、腰を下ろす前からストレートな質問をぶつけてくる。

「で、いつベザートを発《た》つんだ？」

「ははは……いやーさすがなんでもお見通しのようで」

「ルルブから帰ってきたんだ。この町にそれ以上の狩場はないし、そうなるとハンターが次に向かう先はマルタしかない」

「ですよね。予定ではあと4日で武器が出来上がるので、その次の日……5日後くらいかなと」

「ふむ。確か武器の金は1700万ビーケくらいだったたか？」

「ええ、それでお釣りが出るくらいだと思います」

「あとは先日アマンダからも触れられたと思うが、拠点はこのままでいいのか？」

この問いに、少し会話を止めて思考を巡らす。

アマンダさんからは移してほしくないような雰囲気も感じられたが、それも拠点の仕組み次第だろう。

新しい狩場を求めて次々と町を移動する予定なので、その度に拠点移動の手続きなどしていられないというのが本音だが……

このままにしておくことで、あまりにも大きな不都合が生じるようなら考えなければいけない。

「報酬の預け入れや引き出しに不都合がなければ、ひとまず拠点はこのままでもいいと思っているんですけどね」

「そうか、ならばこれで問題ないだろう」

スッと、予《あらかじ》め用意されていたことが分かるように机の下から出てきたのは、一枚の……羊皮紙？

え？　木板じゃなくて貴重な紙だし!?

動揺して言葉が出ない俺に、ヤーゴフさんは言葉を続ける。

「ロキのハンターに関する内容を纏めた正式な書状だ。もちろん異世界人ということは伏せているが、現在のランクやギルドに預けている金額、あとは今までの功績を簡単にだが載せている」

そう言われて羊皮紙の中身を確認すると、まず目に入ったのは『Dランクハンター』という文字。

なぜかEランクじゃなくDランクになっていらっしゃる。

あっれー？　と思って革袋をゴソゴソすると、ギルドカードに書かれている文字は確かに『E』だ。

「ルルブであれだけの魔物を狩ってきたんだ。Dランク昇格基準には確実に該当しているのだから、あとでカードを交換してもらってこい」

「本人へ伝わる前にランクが上がることもあるんですねぇ……」

「普通はないな。だがロキの場合は過去にも同様のことがあったはずだが？」

「……」

そういえばそうだった。

Fランクに上がった時も、受付に顔を出さなくて6日前にFランクになりましたとか、ぷりぷりしたアマンダさんに言われたんだった。

しょうがないよね、狩りで忙しかったんだから！

そしてそのまま読み進めていくと、『預け金：1億2514万6100ビーケ』という、だいぶビッグな数字が記載されている。

これは――……

「ルルブの最終日も含めた金額から武器代の1700万ビーケ、ギルド員へのボーナス300万ビーケを引いた総額だ。今ある手持ちでも当面やり繰りはできるのだろう？」

そう言いながら俺の腰にぶら下がった、まだ重さの感じられる革袋を見るヤーゴフさん。

ええ、おっしゃる通りでございます。

たぶんこのお金だけで、1ヶ月くらいは問題なく過ごしていけそうです。

しかしこれで危惧していた問題が1つ解決されたな。

「このように書かれているということは、預け金は町単位じゃないということですね？」

「もちろんだ。以前も言ったようにハンターギルドは国を跨《また》いだ組織だからな。拠点を移さずとも報酬の預け入れは可能だし、このように情報を渡すことで、どこのギルドでも預け金を引き継いだり合算したりすることができる」

その言葉を聞いて、安堵の溜息が漏れる。

もし別の支店にそのまま移せなかったら、一度預け金を現金化しなければならない。

そうなるといつベザートを発てるのか分からなくなっていたところだ。

最悪お金だけはそのまま残しておくという選択肢も考えていただけに、この仕組みは物凄く助かる。

「さすが仕事がお速い。異世界人もビックリですよ、これは。でも貴重な羊皮紙なんて使うものなんですか？」

「それはボーナスを貰ってしまったからな」

そう言ってニヤリとするとヤーゴフさんに本来の手順を聞いてみると、ギルドでは移動する人の情報を纏めた木板を積んで、不定期にギルド専用馬車を走らせるらしい。

ただその手順を踏んでしまうと、移動先にそのハンターの情報が届くまで距離に応じた相応の時間が掛かってしまうため、ギルドカードで依頼を受けたり報酬を預けたりすることはできても、その間の功績が上積みされなかったりと不都合が起きる場合もあるらしい。

なので羊皮紙を使ってハンター自身が次の町で自分の情報を伝えるというやり方は、基本お金を持っている上位ランクのハンターが行う方法なのだそうだ。

当然EランクやDランク程度でこんなことをやるやつはまずいないらしい。

なるほど、ボーナス効果抜群である。

「凄く助かります。それじゃこれは有難く、マルタのハンターギルドに提出させてもらいますね」

「そこなんだがな。マルタで使うかは慎重に判断しろよ？」

「え？」

「長く滞在するつもりなら構わないが、すぐにどこかへ旅立つのであれば、再度このような書状を用意してもらうことになる。その時には金がそれなりにかかるぞ？　通常の木板を使った方法でも構わないなら気にしなくていいがな」

「なるほど」

「マルタに行けば分かることだが、あそこから行ける狩場は『Fランク狩場』が1つ、『Eランク狩場』が2つ、そして『Bランク狩場』が1つだ」

「Bランクですか！」

「そうだ。ロキならマルタのFランクはもちろん、Eランクの狩場2つだって何も問題はないだろう。だがBランクとなればな」

「確かに……まずDランク成り立ての僕じゃ、特例を使ったとしてもBランク依頼を受けられないですしね」

「ああ、だからロキが拠点まで移す利点は薄いと判断して、予めこのような書状を用意しておいたわけだが……さらに北上すれば、リプサムという町にDランク狩場があったはずだ。マルタでこの書状を使うのか、それともさらに北上してから使うのかはロキに任せる」

さすがヤーゴフさん、これほど有益な情報をもらえるとは感謝しかない。

どこで使うかはマルタに行ってみてから判断すればいいと思うが……

結局のところ、そのBランク狩場にいる魔物を俺が倒せるのかどうか。

ここ次第だろう。

仮に依頼を受けられずとも常時討伐の報酬くらいは入るわけだし、倒せるならハンターのランクアップも狙えるのだから、書状を使用して長期滞在する価値は十分にありそうな気がする。

が、逆にまったく倒せないようなら、書状を使う意味はない。

もうルルブである程度レベルを上げている以上、マルタにあるFランクやEランク狩場はスキルの底上げだけを目的に足を運ぶわけだから、よほど美味しいスキルでもなければ滞在なんて数日だ。

最低限スキルを拾ってすぐに北上。

リプサムで書状を使い、Dランク狩場で金と経験値を稼ぎつつ実績を積んで、Cランクハンターを目指すのが流れとしては最適だろう。

Cランクハンターになれば、また選択肢だっていろいろと広がるだろうしなぁ……ふふふ。

これからのことを想像するだけでも楽しくて。

思わずニヨニヨしながら妄想に浸っていると、唐突にヤーゴフさんが話の流れを変えてくる。

「とりあえず書状の件はこれで終わりだ」

「ん？　とりあえず？」

「ああ、次がロキを呼んだ本題でもあるんだがな……まずはこいつを見てほしい」

そう言ってゴソゴソと。

机の下から次々と出てきたのは木のお皿。

合計4つあるそのお皿の上には、それぞれ木片や皮の破片が載っており、この時点でヤーゴフさんが何を目的に俺を呼んだのか理解する。

「例の『紙』を、いろいろ試されているわけですか」

「そうだ。ロキが町を出る前に、何かあればで構わない。現状の経過から気付きや意見をもらえればと思ってな」

「何かあれば……」

そう言われ、改めてそれぞれの皿を眺める。

拳半分程度の木の破片に木の皮、それに根っこと、草や細い茎のようなモノか。

全て一度何かに浸《つ》けたか、もしくは煮たのかな。

今も少しふやけたようになっており、木の破片には緑色のカビっぽいモノが付着していた。

だが、そんな感想を抱く程度で、前に掘り起こした記憶以上の情報は出てこない。

何か分かることがあれば、有益な狩場情報のお返しくらいしてあげたいが……

「ん～ちなみにこの色はどうしたんです？　草なんて、どう見ても色が抜けているように見えるんですけど……」

「それは町に染色の仕事をしていた者がいてな。色を抜く時は木灰汁を混ぜて煮るというから真似《まね》てみたのだ」

「おお、なるほど。脱色して白に近づけるという意味では一歩前進したんですね。となると――少し触ってみても大丈夫ですか？」

「もちろんだ。好きにしてもらって構わない」

了解を得て、２人が見守る中でフニフニとそれぞれの感触を確かめる。

イメージは柔いのだ。

それこそ湯葉みたいに。

だが、木の破片はかなり硬い芯があるような感触だし、根っこも同じで明らかに違う。

「感触だけで言えば、幹や根っこは僕がイメージしているモノと違いますね。触れば簡単に崩れていたと思うので」

「ふむ。となると、より近いのは草や茎の方か」

「うーん……皮もそれっぽい雰囲気はありそうなんですけど……この、まだ少し茶色いのは表皮ですか？　そっちじゃない裏側の白い部分なんかは特に」

今話しているのは、繊維質になった牛乳パックを触った時の朧気《おぼろげ》な感触の話。

だから凄く漠然としていて、曖昧で。

それでもアマンダさんは俺が話す言葉を一言一句逃すまいと、羽根ペンを走らせる。

「ただ以前もお伝えしたように、草木の種類でも間違いなく向き不向きはあるでしょうから、一概に幹の部分や根っこが駄目とも言い切れません。もっと長く煮れば柔らかくなるのかもしれませんし、なんなら叩いたりして強引に形を崩したっていいのでしょうから」

「む？　叩いて崩す、か……なるほど」

「それで最終的には――……焼き魚の、ほぐし身？」

「は？」

「へ？」

予想外の言葉が出てきたせいか。

静かにしていたアマンダさんまで横で素っ頓狂な声を上げるが、この世界の人達にも伝わりそうな例えで言うと、このくらいしか出てこなかったのだ。

「最後はその繊維を水に浸けて溶け込ませるんですけど、その直前というのはほぐし身みたいにホロホロと小さく崩れていたので、そんな状態を目指したらいいのかなーと」

「そうか……ふふ、感謝する、ロキ。魚の話が出てきた時は目の前が真っ暗になったが、これでまた1つ前に進めそうだ」

「いつか形になることを願ってますよ。僕の所持する紙だって有限、記録を残せばいつかは無くなるわけですし、そうなった後、この部屋のような有様にはなりたくないですからね」

そう言ってヤーゴフさんの背後に視線を向けると、フンと鼻を鳴らしながら笑みを零す。

「世の中が大きく変わる切っ掛けに成り得るのだ。なんとしてでも形にしてみせる。だから、というわけではないが――」

「？」

「必ずまた、戻ってこい」

「もちろん、そのつもりですよ。僕の『拠点』はここですしね」

どれほどの期間が掛かるのか。

この町しか知らない俺には想像もできないけど、それでもいつかは戻ってくる。

その時、俺の思い描く和紙のような紙は出来上がっているのだろうか？

できれば、ヤーゴフさん達の努力がちゃんと形になってくれていたらいいんだけどな。

そんなことを考えながら書状の礼を言い、一度ロビーで護送依頼の募集に目を通してからハンターギルドを後にした。

▽　▼　▽　▼　▽

それから数日後。

ギルドの修練場で素振りと体力作りをするくらいなら、ついでにお金と経験値も稼げた方が得じゃんね。

そんな考えが頭を過《よぎ》り、ついついナイフ一本で足を運んでしまったロッカー平原の帰り道。

打ち上げの日から時間がズレてしまったため、夕方前のこの時間に【神通】を使用し、いつもとは違う会話を繰り広げていた。

「残念だが、【神眼】は私達女神だけが持つスキル、人種が手にすることは叶《かな》わん」

「あ～やっぱりですか……ということは、他者の強さを測る術はこの世界に存在していないんですか？」

先日から気になっていた疑問だ。

戦い事ならリガル様だろうと、【神通】の担当になる日を待っていたわけだが、その当人は答えに悩む問いだったのか。

唸《うな》るように言葉を漏らす。

「うーむ、強さを測る術か。単純な強さとはまた違うかもしれないが……」

「お？　何かあるんですか？」

「【魔力感知】というスキルを使えば、相対する相手の魔力総量くらいは摑《つか》むことができる。だがロキのように数値化されたようなモノではないぞ？　あくまで多いか少ないか、体内に内包された魔力の濃さからその量を推し量るというものだ」

「おお！　それっぽくていいじゃないですか！」

まだ俺が取得していないスキルだ。

思わずステータス画面を開くと、スキルツリーでは【魔力操作】のすぐ近くにそのスキルが表示されていた。

経験値はまだ20％弱か。

どんな行動で増えているかは分からないけど、あと半年くらいもすればレベル1は取得できるのかな？

「しかし相手が【隠蔽】のスキルを所持していれば、そのスキルレベル次第では弾《はじ》かれてしまう」

「ええー」

「ええーじゃない。【隠蔽】は【気配察知】や【探査】などの感知系を防ぐためにあるスキルだからな。通したければ相手の【隠蔽】よりも高いスキルレベルである必要がある。そういった意味では【心眼】も同じじゃか」

「ん？」

言葉は同じに聞こえたが、別種のスキルだろうか？

そう思って聞いてみると、今度は自信ありげにリガル様は答えてくれる。

「【心眼】も対象の所持スキルを見通すスキルだ。だが同等レベル以上の【隠蔽】スキル所持者には防がれるのに対し、【神眼】は【隠蔽】もお構いなしに突き抜ける」

「なるほど、【心眼】の強化版が【神眼】か……さすが女神様専用スキル、性能が凶悪ですね」

「それでも、ロキの所持スキルだけは見通せないがな」

うむ、墓穴を掘ったっぽい……

でもそうか。

女神様が【神眼】を使っても無理ということは、【隠蔽】というスキルを取得せずとも、俺が他者からスキルを覗かれる心配はないということ。

見られると余計な騒ぎになり兼ねない魔物専用スキルも抱えているわけだし、ここは俺の大きなアドバンテージになるな。

あとは【心眼】というスキルが現状どの程度伸びているか、だが——駄目。

こちらも上位スキルなのか、スキルツリーには表示されていない。

となると……

「一応確認ですけど、【心眼】の取得条件なんて分かったりします？」

「あ、それはちょっ…………」

「ん？　もしもーし、もしもーし！」

時間切れか。

でもリガル様は結構分かりやすいからな。

あの自信がなさそうな雰囲気は、仮に時間があったところでまともな答えは返ってこなかったはず。

前にフェリン様もスキルの取得条件は分からないと言っていたし、この辺りは自力でなんとかするしかないらしい。

「より相手の力量を摑めるのは【心眼】だろうけど、取得難易度的には【魔力感知】の方が現実的。ただしレベルが低いうちはどちらも弾かれやすいか……」

オッケーオッケー。

とりあえず情報が摑めたことに感謝しつつ、見えてきたベザートの北門から町に入ると、すぐ近くの屋台で買い食いしている子供達を見つける。

「ごめんね～結構待たせちゃった？」

「いや、今来たところだ」

「うん！　ロキ君も食べるー？」

「あ、俺も小腹空いたし軽く食べちゃおっかな」

今日ここで待ち合わせていたのはジンク君達3人衆。

しかしポッタ君の姿が見当たらない。

「あれ、ポッタ君は？」

「あいつ家の仕事がかなり忙しいみたいでさ。毎日畑に行っているから、まだ今日のこと伝えられてないんだよ。そろそろ夕方だし、ポッタの母ちゃんと先に帰ってくるはずなんだけど」

「もうこっちに向かってると思うから、迎えに行っちゃう?」

「じゃあそうしよっか。畑の方は俺もまだ行ったことないし」

再び北門を抜け、3人並んでテクテクと、買い食いしたご飯を齧りながら長閑《のどか》な畑道を歩いていく。


家のことだったり、町のことだったり、狩りやスキルのことだったり。

話す内容はいつもと変わらず、2人の様子にも大きな変化は見られない。

(さすがにまだ、勘づくような年じゃないか……)

そんなことを思いながら30分ほど歩いていると、正面から見知った顔が。

と同時に、横でメイちゃんが大きく声を張り上げた。

「あっ! ポッタいた! おーーーい!」

「あれ? 3人共どうしたの?」

「ロキ君がポッタに用があるらしいよ?」

「ポッタにというか、俺達3人にだろ?」

「そうそう。だから迎えに行こうってなってさ」

言いながら、初めて会うポッタ君のお母さんを見上げる。

女性にしては大きいなぁ。

俺とは頭一つ分以上の差があり、背丈だけで言えばリガル様くらいありそうだけど、横幅も凄いし顔はポッタ君にソックリである。

「初めまして、ロキと言います。ちょっとポッタ君をお借りしてもいいですか？」

「おやおや、丁寧な子だねぇ。君が噂のロキ君かい」

「？」

「ポッタからいろいろと聞いていてね。本当に感謝しているよ。ありがとう」

なんだなんだ？

急に頭を下げ始めても、こっちが困ってしまうんだが。

「え……いやいや、たいしたことはしてませんし、助けられているのは僕ですから！」

「ふふ、友達に恵まれるってのはこういうことだね。この子なら1人でも帰れるんだし、好きにしてもらって構わないよ。ポッタチオ！　先にご飯の準備してるからね！」

「!?」

「そうだポッタ！　ロキが今日のご飯なんでも奢《おご》ってくれるらしいぞ！」

「そうそう！　ベザートで一番高い『かぁりぃ』でもいいんだって！」

「ほんとに!?　母ちゃん！　今日ご飯いらない！」

なんか話が勝手に進んでいるけど、ポッタ君の名前が実はポッタチオだったという、かなり今更な新事実に驚愕《きょうがく》して言葉が出ない。

もっと早く言ってよ……皆ポッタポッタ言ってるから、ずっと本名ポッタ君だと思ってたじゃん……

でもまぁ、呼びやすいポッタ君でもいいのか？

そんなことを1人考えていたら、ポッタ君のお母さんはズンズンと町に向かって歩いていたため、この場にはもう4人だけとなっていた。

「……とりあえず、どっか座ろっか」

そう言って、やや土手のようになっている道の端に腰掛け、皆が続くのを待つ。

視界には夕日が照らす、刈り取られた後の畑のみが広大に拡《ひろ》がる世界。

一面がオレンジ色に輝くその景色は、4人で命からがらパルメラの森を抜け出した時の光景を彷《ほう》彿《ふつ》とさせた。

……今から伝えなければいけないことも相まって、年甲斐《としがい》もなく感慨深さで胸がいっぱいになってしまうな。

（この3人には情報という面でも、精神的な面でも、本当にお世話になった。本当に――――）

そんな俺の気配を感じ取ったのか、先ほどまで騒がしかったメイちゃんですら静かにその光景を眺めている。

「今日は時間取らせちゃってごめんね」

「大事な話があるんだろ？」

「うん、大丈夫だよ？」

「僕も僕も！」

「まぁ湿っぽい話は苦手だし、いずれ必ず戻ってはくるんだけどさ」

「「……」」

「俺、明後日からベザートを離れて旅に出てくるよ」

「そっか……」

「うぅ～予想通りだし……」

「分かってたよ？　ねっ？　ねっ？」

「そうなの？」

気付いていなそうな雰囲気だったのに、まさかポッタ君まで予想していたとは。

「まぁな。強いハンターはいずれベザートを離れる。ただ……想像以上に早かったってだけだ」

「ほんとだよ！」

「ロキは強いからしょうがない……」

「必死になってるだけだって。それに皆もだいぶ収入が上がってきたみたいだし、これなら俺も安心して旅立てるよ」

「それ、ロキ君のおかげじゃん！」

「うん。父ちゃんと母ちゃんも大喜びしてた」

「……なぁロキ、どれくらい旅に出るんだ？」

ジンク君の問いに思わず言葉が詰まる。

それはなんとも言えないところだ。

俺はこの世界がどれほど広いのか分かっていない。

数年になるのか、それとも数十年になるのか……

それにこの町しか知らない俺は、どこに定住するかもまだ決められないんだ。

でもどんな状況であろうと、たまに顔を出すくらいのことはしてみせる。

ヤーゴフさんとも約束をしたし、そのくらいは、必ず。

「まだ分からないよ。でも、俺はいつか必ず転移系の魔法を取得する。そうしたら気軽に戻ってこられると思ってる」

「転移系……」

「何それ？」

「？」

「父ちゃんが昔言ってた。異世界人の中には瞬間移動する人がいるって」

ヤーゴフさんも同じような反応だったな。

異世界人限定と思われても不思議ではない、超高難易度魔法か。

まぁいいさ。

コツコツといろいろなスキルのレベルを上げていけば、いずれ隠されている【空間魔法】だって表に出てくるはずだ。

それにヤーゴフさんは解明されていないと言っていたが、フェリン様の言っていた研究施設や、何かしらの書物でヒントを得られる可能性だってまだ残されている。

そうなればより早い段階で取得できる可能性だってあるし、そんなのはこれからの旅で分かっていくこと。

だから――今やるべきなのはこっちだろう。

「今まで、ごめんね」

俺は3人に向かって頭を下げた。

唐突な謝罪に3人は首を傾げているが……俺はずっと偽っていたんだ。

だから、まずすべきは謝罪だ。

「俺の本当の名前はロキじゃないんだ。今まで騙《だま》していたみたいになっちゃって、ごめん」

「「「……」」」

「だから旅立つ前に、3人には本当の自己紹介をしようと思う」

そう言いつつ、俺は革袋から事前に用意していたケースを取り出す。

「俺の本当の名は『間宮悠人』――異世界人なんだ」

そしてヤーゴフさん達にも唯一見せなかった『名刺』をそれぞれに渡した。

「マミヤ……ユウト……難しい文字だな。こうやって読むのか……」

「何これ？　木？　凄く薄いね！」

「うぅ……僕、全然読めない……」

「ポッタ大丈夫！　私もだよ！」

「俺もギリギリだぞ？　おまけに読めても意味がよく分からない！」

「プククッ……あははっ！」

が、その反応を見て、俺は思わずその場で吹き出してしまう。

3人はそんな俺を見て驚いているけど、こればかりはしょうがない。

「あー面白かった……ごめんごめん。俺が異世界人だってことを伝えたのに、渡した名刺の方に興味が向いていたからさ」

俺は異世界人だと公表した。

なのに3人はそれよりも名刺やその文字に興味津々。

警戒した様子も驚いた様子もない。

変わらず騒がしい3人のままだ。

「ああ。だって……なぁ？」

「うん！」

「知ってたよ？　ねっ？　ねっ？」

「……へ？」

どういうこと？

まさか、ヤーゴフさん達が情報を漏らした……？

「だってロキは普通じゃないしな。大魔王を名乗るし」

「いきなり僕達の言葉が分かるようになったしね」

「魔法の唱え方も、なんかちょっと違うよね？」

「あ、あれ？　誰かから聞いたとかじゃなくて？」

「聞いてないよー？」

「誰もロキのこと異世界人って言ってないよね」

「普通じゃないことが多過ぎるから、たぶんそうだろうなって言ってたんだよ。しゃべりそうなメイサには口止めしておいたけど」

「へっへ～誰にも言わなかったもんね！」

「でも良かったね。ロキがちゃんと教えてくれて」

……マジかよ。

こっちは一大決心したんだぞ？

それなのに実はバレてましたとか……恥ずかしっ！

恥ずかしーーーーーっ!!

思わず手で顔を覆いたくもなるも、よくよく考えてみれば3人は俺が異世界人だと分かっていながら、それでも普通に接してくれていたのか……

そっか、そっか……

「ふふふ……バレてたんならしょうがねぇ！　おまけに実は俺、32歳だ！」

「「「えぇえええっ！」」」

そうだ！　俺はこんな驚きを見たかったんだ！

って、何か趣旨が変わってるけどもういいや。

この子達とは笑い合っていた方が良いに決まっている。

「だから結構な頻度でロキが父ちゃんみたいに見えたのかー。あ、もうユウトって言った方がいいのか？」

「いや、名前はそのままロキでいいけど……」

「そんなこと言ってたね！」

「どうせならお父さんになってもらえば？　ロキお金持ちだし」

「うぉい！　そこのピスタチオ！」

ジンク君も何まんざらでもないって顔してるの？

中身は32歳でも見た目は大して変わらないんだぞ！

それに、ジンク君のお母さんには会ったことないし……

いつの間にか和やかな雰囲気になった一行は、ご飯を食べにゾロゾロと町へ戻っていく。

道中、名刺に書かれている俺の名前は漢字というもので、住んでいた別世界の文字であること。

そこには前の仕事に関係することが書かれていて、自己紹介の時に使うのが名刺というものであることなど。

地球談義で感嘆の声が上がることもあれば、ハンターギルドや商業ギルドの影響で大陸の通貨は統一されているはずなのに、一銭も持っていなくてご飯すら食べられなかったこと。

俺が【突進】という謎スキルを知っていて、誰に聞いても知らないスキルだったから、異世界人の疑いがほぼほぼ確信に変わったことなど。

聞けば出てくる俺のやらかしなどを聞いて盛り上がった。

見てないようでしっかり見てたんだね、ジンク君達……

まぁ今更だ。

さすがに転移者か転生者かなんていう小難しい話を子供達にするつもりはないけど、せめてジンク君達にはと思っていた俺の秘密をこうして打ち明けられたんだ。

おまけにその秘密が受け入れられて、なおかつ明かしたことを喜んでくれているのだから何も言うことはない。

次に会う時は……皆どれくらい成長してるのかな？

ジンク君はきっと身長が伸びて、メイちゃんはお母さんに似て可愛《かわい》くなって、ポッタ君は……お母さんを見る限りあまり変わらない気もするけど。

（ふふっ、そんな楽しみがあるのもいいじゃないか）

ベザートに必ず戻る理由がまた1つ増えたな。

そんなことを1人思いつつ、4人揃《そろ》って夕日に染まる道を歩きながらベザートへと帰還した。

▽　▼　▽　▼　▽

「おはようございます！」

「来たな。金は持ってきたか？」

「ここに」

そう言いつつ、ドン、ドン、ドドンと少し大きめの革袋をカウンターに置いていく。

もちろん中身は全てお金だ。

1枚が100万や1000万相当の硬貨もあるらしいが、そんなもの田舎町のベザートに出回っているわけがない。

チラホラと1枚10万相当の大金貨が交ざっているものの、大半は1枚1万ビーケ相当の金貨で埋め尽くされた革袋は、それだけで見た目の存在感が凄《すさ》まじい。

これから数えるパイサーさんを気の毒に思ってしまう。

「ハンター共の噂を聞いていたから心配はしてなかったがな。よく稼いできたもんだぜ」

「余裕だと言ったでしょう？」

本当は残高確かめるまでちょっとビビってたけど、ここは全力でカッコつけるところだろう。

「1段階目の付与は間違いなく成功する。だからそいつは代金に入れてあるが、2段階目は俺もどうなるか分からん。細かい勘定はそれが終わってからだな」

「分かりました」

「それで付与をどうするかは決めてきたか？」

「ある程度は。ただ念のため、事前に確認しておきたいことがあるんですよね」

「ん？」

「『スキル付与』の場合はどんなスキルが付けられるんですか？【魔力自動回復量増加】と【魔力最大量増加】の2つは把握してるんですけど、他の選択肢が分からないもので」

「そういやそうか。つっても俺が所持しているスキルの中で、さらに武器種の【付与】に対応可能なやつなんて多くはないが……」

指を折りながら説明されたのは、【剛力】【金剛】【封魔】【絶技】の4種スキル。

防具であればもう少し選択肢も広がるらしいけど、武器種でパイサーさんが【付与】できるのは、この4つも含めた計6種らしい。

「詳しいレベルは——まぁお前ならいいか。【魔力自動回復量増加】がレベル1、【魔力最大量増加】がレベル5、【剛力】がレベル4、【金剛】がレベル3、【封魔】がレベル2、【絶技】がレベル5だ」

「詳しい内容ありがとうございます。ちなみに【魔力自動回復量増加】と【魔力最大量増加】のレベルに差があるのは何か理由が？」

どうもこの差に違和感を覚えてしまう。

同じ魔力系ならセットでレベルが上がりそうなものだし、実際俺は同じように上がっているんだ。

【付与】の上限レベルがスキルによって異なるのだろうか？

「さぁな。俺が現役の頃は斧《おの》を振り回す近接職だった。だから魔力は使うが、そこまで大量に使うこともなかった。だからじゃねーか？　実際魔力不足で困ることなんて滅多になかったしな」

「なるほど……」

これは貴重な意見を聞けた気がする。

魔力を消費すればスキル経験値が増える【魔力最大量増加】。

対して【魔力自動回復量増加】は消費するだけでなく、例えば魔力総量の50%を切ったらとか、何か別の条件が付いている可能性もあるわけか。

それであればパイサーさんにこの2種のレベル差があるのも理解できるし、常に消費しながら狩りをして、寝る時には魔力をスッカラカンにする癖が付いている俺が順調に伸びているのも納得できる。

定量増加じゃないからこその条件差か……

一応その他のスキルも、おおよそ見当はついているけど確認しておくか。

「あとは【剛力】なら僕も所持しているスキルなのでいいとして、【金剛】【封魔】【絶技】の3種も似たようなタイプですかね？」

「そうだな。【金剛】なら物理的な攻撃に、【封魔】なら魔法攻撃に耐性がつくと言われている。

【絶技】は器用度みたいなもんだろうな」

「ふむふむ……」

そっと目を瞑《つぶ》り、考える素振りのままステータス画面を開く。

(これか、やっぱりだな)

ステータス画面を見れば、俺が取得している【剛力】や【疾風】と同じ並びに、【金剛】【封魔】【絶技】が存在している。

つまりスキルレベル1で対応ステータスが5上昇する系統のスキル。

残念ながら定量型だ。

どうしても長く使うことを想定するなら、数値が固定化されているモノよりはパーセントで動く変動型を選びたい。

となると当初の予定通り、長期運用を考えるなら【魔力自動回復量増加】の一択しかない。

できればこの【魔力自動回復量増加】のレベルが高いと有難かったが、〈付与師〉の所持スキルがそのまま反映されるとしか思えないので、この場で贅沢《ぜいたく》を言ってもどうにもならないだろう。

我儘《わがまま》を言いたいなら、それこそ自分で【付与】を覚えろって話だ。

そして【付与】の依頼が1回100万ビーケというのもやっと理解できた。

当初は高いと思っていたが、自分の努力と経験の結晶をそのまま【付与】するのだから、スキルレベルが高いほどバカ高い金額になるのもしょうがない。

となると、確かめなければいけないのはこのパターンか。

「パイサーさん。例えば【魔力自動回復量増加】と【魔力自動回復量増加】っていけると思いますか？」

これがいけるなら、今考えられるベストなはずだ。

「成功例を聞いたことがない組み合わせだな……同じ系統を重ねるより、さらにハードルが高くなりそうな気もするが？」

「なんとなくそんな雰囲気がありますよね。ちなみに失敗した場合のデメリットはあります？」

「いや、それはない。失敗すれば俺の魔力が消費されないで終わるだけだ」

「なら一度、そのパターンを試してみてもらえませんか？　それがダメだった場合はそうだな……

すぐに属性魔石を買ってきます」

「【属性付与】も失敗した場合、魔石を無駄に買うだけになるが構わないか？」

「そうなったらしょうがないので、再度売りにでも行ってきますよ」

「……変わった考え方をするもんだ。お前一応近接職だろう？　普通なら【剛力】や【金剛】を付けたがるもんなんだがな」

「ふっふっふ。僕はできればこの武器を長く使いたいですからね。長期目線で得をしそうな選択肢を選んだつもりですよ」

「ふん……まぁいい。早速始めるぞ」

そう言って裏に入っていくパイサーさんを店のカウンター越しに眺める。

奥には工房らしい雰囲気と、年季の入っていそうな茶色い木製の長机があり、そこに俺の依頼した武器が置かれていた。

そして武器にパイサーさんが手をかざすと、一拍後、彼の手に薄い青紫の霧がフワリと纏わる。

これだけでもう分かる。

1発目は成功だ。

「こっからだロキ！　気合入れっからよーく見とけや！　俺が魂込めて造った武器ッ！　2発目も成功させてやらぁ!!」

凄い気迫だ……

元から多重付与という難しい依頼をしているにもかかわらず、そこからさらに難易度が跳ね上がりそうな注文をつけているんだ。

失敗したからと言って文句を言うつもりはない。

ないけど……せっかくなら、現状考えられる理想の仕様で長く使いたい。

だから、頼む……成功してくれ……

俺は思わず手を眼前に組んで祈る。

でも目はしっかり開け、パイサーさんが行うこれからを観《み》る。

頑張れ！　頑張れパイサーさん!!

そして、暫《しば》し――

霧が……出ない……

いや、出た！　出てるよ！

「魔力出てますよパイサーさん！」

「黙ってろ！　1発目と違って……クソッ、すぐに【付与】が発動しねぇ!!」

「ッ!?」

ど、どんな状況なんだ……

それが分かるのはスキルを発動させている本人だけ。

俺は霧が出続けたままの手をかざし、一心に剣を見つめて歯を食いしばっているパイサーさんの姿を眺めることしかできない。

原理が分からないので分析のしようもないが――しかし、このままじゃマズいことだけは分かる。

霧が出ているということは、魔力を放出し続けているということ。

このままだと、魔力切れになるんじゃ……

(どうするどうするどうする……魔力回復薬？　いやいや、そんなもの持ってないし、魔力を譲渡するようなスキルは――ってそんなの調べているうちに魔力が枯渇するだろ！　何かないか？　即効性のある何か……)

そう思った時、長机の奥。

別の机に、俺が補修依頼をお願いしていたショートソードと革鎧が置かれていた。

それが見えた瞬間、俺は本来入ってはいけない店の奥。

作業場へ駆け込み、綺麗に補修されたショートソードと革鎧を掴み取る。

パイサーさんから怒声は飛んでこない。

それどころじゃないことは分かっている。

ならば俺は現状が少しでも改善できそうな方法を取るまでだ。

ショートソードに【付与】されている【魔力最大量増加】。

これがすぐに魔力を50増やす即効性のあるスキルであることは分かっている。

手で握らなくても、【付与】の効果が発動することだって検証済み。

それなら、これで……

傷を付けないよう、そっとパイサーさんの踏ん張る足先にショートソードを触れさせる。

ついでに意味などほとんどないと分かってはいるものの、それでも【魔力自動回復量増加】が付与された革鎧をもう片方の足先にそっと触れさせた。

これで息子さん用に付けた2つのスキル効果は、パイサーさん自身に発動しているはずだ。

そして、これ以上打てる手はもうない。

あとは祈るしかない。

既に魔力の霧が出始めてから、ゆうに30秒以上は経過している。

俺がただただその霧を見つめていると、さらに数秒後――フッと、霧は一瞬で消失した。

だから俺は、咄嗟にパイサーさんを見てしまった。

魔力切れならこのまま昏睡《こんすい》する。

武器が転がっているような場所で倒れれば、最悪は大惨事になってしまう。

だが……パイサーさんは立ち続けていた。

大粒の汗を額に張り付け、目は一心に剣に向けながら――ニヤッと笑った。

笑ってくれた……

「成功だ！」

「うぉおおお！」

「一瞬ぶっ倒れるんじゃねーかと思ったが……こいつのおかげか」

そう言いながら、パイサーさんは足元にあるショートソードと革鎧を拾い上げる。

「中に入っちゃってすみません。魔力切れになる可能性が過《よぎ》ったので、息子さんパワーをお借りしようかと……」

「ふん。こいつはもう息子のじゃねーよ。俺がロキに剣を売り、鎧はロキにくれてやったんだ。だったらもうロキのもんだろうが」

「それでもですよ！　とにかくありがとうございます！　それに、おめでとうございます、でもあるんですかね？　珍しいパターンの成功例でもあるみたいですし」

「仕事で引き受けたんだから礼なんぞ不要だ。その分金を貰うんだからな。だがまぁ……同スキルの【付与】成功事例は、もしかすっと商業ギルドに報告すれば報奨金が出るかもしれねーな」

「へ〜そんなのもあるんですか？」

「詳しく報告すればだぞ？　そしたら他の〈付与師〉のやつらの参考になるし、成功事例から指名依頼が入るパターンだってある。そうすりゃギルドは仲介手数料で儲《もう》かるってわけだ」

「じゃあこのお店も繁盛するかもしれないんですね」

「バカ言うんじゃねぇよ！　こんなに魔力使っても失敗する可能性があるような、普通じゃねぇ【付与】を誰がやるかってんだ！　お前の武器がなけりゃ俺はぶっ倒れてたぞ！」

「でも指名依頼は断れば済む話ですよね？　報告するだけでお金が貰えるなら貰っとけばいいじゃないですか」

「ふん、だとしてもだ。報告をするためには俺がマルタまで行かなきゃならねぇ。いくら報奨金の可能性があるっつっても、この程度じゃそう大した額になるもんじゃねーし、そんな理由でいちいち店を閉めてなんかいらんねーよ」

そう言われ、ふと、このお店ってそんなに儲かってるのかなと疑問に感じてしまったが……

なんとなく、パイサーさんの表情を見ているとお金とは別の理由がありそうな気もして、俺はこれ以上踏み込むのを止《や》めた。

きっと町を離れたくない理由でもあるのだろう。

この町で一番強いのはパイサーさんだろうし、装備屋だってここにしかないわけだしね。

「ではお納めください。代金の1700万ビーケでございます」

しばらく談笑しながらパイサーさんの魔力回復を待った後、俺はカウンターに置かれたままのお金をズズーッとパイサーさんの下へ滑らせる。

すると、フンと鼻を鳴らしながら一言。

「そっから釣りの50万ビーケは持って帰れ。みっともなく補助までさせちまったしな」

「え、いやいや、それは僕が勝手にやったことですし、予定よりもさらに難しい依頼をこちらはお願いしてるんですから、代金は1700万ビーケでいいですって」

「ケッ！　そこに料金の差なんて端《はな》から設けてねぇよ。それに勘違いしてねーか？　俺は1700万ビーケなんて一言も言ってねぇ。1600万ビーケを超えるくらいって言ったんだ」

「だから理想的な多重付与も成功したし、1600万ビーケを超える1700万ビーケを払うって言ってんでしょうが！」

「超えるっつーのはちょっとはみ出るって意味だバカ！　1700万ビーケかかるなら初めから言ってるわ！」

こんなやり取りがしばらくできなくなると思うと少し寂しくもなる。

だがパイサーさんは元冒険者だ。

ルルブでしこたま魔物を倒してきて、武器まで新調してるんだから、俺が次にどうするのかは、もうはっきりと分かっているんだろう。

だからパイサーさんには細かいこと言わないよ——

「また来ます」

——この人にはそれだけで十分だ。

第19話　出立

挨拶回りのついでに回収してきた特製籠にポイポイと、置きっぱなしにしていた荷物を片っ端から放り込む。

スーツや革靴なんかはまずこの先も使うことはないだろうけど、かと言って捨てるわけにもいかないしなぁ……

自宅がないとこういったところが不便だなと思いつつ、綺麗《きれい》に片付いた部屋を一瞥《いちべつ》する。

忘れ物もなさそうだし、これで約3ヶ月間お世話になった部屋ともお別れだ。

「女将《おかみ》さん、ほんとお世話になりました」

「とうとう出発だね。最初の頃よりも随分とたくましくなって……マルタに行っても頑張るんだよ。ほら、これ持ってきな」

精算を終えたあと、ポンポンと肩を叩《たた》かれながら渡されたのは小さな包み。

「え？」

「マルタまでは馬車で向かっても2日掛かるからね。夜はどこかしらで野宿なんだから、お腹空《なかす》いたらこれをお食べ。携帯食は相変わらず嫌いなんだろう？」

「あ……」

そっか。

ロッカー平原に通っていた時は、女将さんに毎日お弁当を用意してもらっていたんだった。馬糞《ばふん》もどきが美味《おい》しくないって、夕飯の時にグチを零《こぼ》して……それを覚えていてくれたのか。

「あ、ありがとうございます！　それならお金を――」

「今日くらいはいいんだよ。ルルブに引き籠るって出てった時も、多少の荷物を置いてくだけなのに、それでも律儀に宿代払っていただろう？　それならこれくらいのことはしておかないと、私が女神様に怒られちまうよ」

そう言って豪快に笑う女将さんに、俺は思わず苦笑いを浮かべてしまう。

「女将さんなら大丈夫ですよ。でも、本当にありがとうございます。いずれまた、ベザートに顔を出すつもりですから、その時も泊めてください」

「当然さ。また帰っておいで、私が元気なうちにね」

「ええ、必ず、また」

包みを大事に抱え、少しだけ雑貨屋に寄った後は、すぐにハンターギルドへと足を運ぶ。

これで、この町の用事もほぼ終わり。

一通りの挨拶も済ませ、あとはお食事処《どころ》で早めの昼食を摂《と》りながら、ハンターギルドから出る馬車の出発時間を待つ予定だったが――

「は……？」

ギルドの受付側から入った俺は、ロビーの状況を目にして思わず固まる。

時刻は午前11時くらい。

本来なら多くのハンター達《たち》が狩場にいる時間帯だ。

ロビーなんてほとんど人がいないだろうと思っていたのに、なぜか朝の依頼争奪戦もかくやというほど今日は混み合っていた。

しかも、大半が飲み会の席にいた人達のような気がする……

「お、予定より早いな、ロキ」

「まだ出発の時間じゃねーだろ？　出るまで一緒に飲むか？」

「アルバさんにミズルさん、こんな時間から何やってるんですか？　しかもお酒飲んでるし……」

見渡せば知り合いの大半はお食事処で飲み食いしており、多くの手にはジョッキやグラスが握られている。

「バカヤロー！　2年分くらい一気に稼がせてくれた恩人を、黙って行かせられるかってんだ！」

「マルタに行くことは聞いていたからな。アマンダさんに予定を聞いて、ここに集合していたってわけだ」

「ええ!?」

思わずアマンダさんに視線を向けると、誤魔化すようにウィンクかましてテヘペロしている。

くそっ……年を考えてほしい。

「それは有難いお話ですけど、皆さん仕事は……？」

「大丈夫ですよ。さっきリーダーが言った通り、参加者は2〜3年分くらいの蓄えができましたからね」

「そうそう！　サボる時はサボるのがハンターよ！」

「自由だからこその特権だな！」

「その通り」

「……」

昼間から酒を飲む駄目人間の集団を見て、一瞬この人達を誘ったのは失敗だったんじゃないかと思ったが……

しかし、その中に見慣れた3人衆まで発見してしまったことで、俺は思わず頭を抱えてしまう。

「おぉう、ジンク君達もいたんだ……」

「当たり前だろ。風呂入った人達は皆いるんじゃないか？」

「え？　まさか運搬とか解体を手伝ってくれてた人達も？」

「さっきまで入り口の辺りにいたよね？」

「うん。人がいっぱいいるし入りづらいからって、北門の方に行くようなこと言ってたけど」

「は、はは……そっか……そうなんだ……」

駄目だ、まったくこの状況についていけない。

なんでこれほど大事になっているんだ……？

「大変ねぇ」

「何を他人事《ひとごと》みたいに……アマンダさん、早く出発するとかできないんですか？」

「それは無理よ。よくある護送依頼なら近くに依頼者がいるから融通も利きやすいけど、ギルド専用馬車はそうじゃないもの。積み荷もあるから、多少は早めに到着すると思うけどね」

「そうっすか……」

そう、今回はギルド専用馬車という少し特殊な方法での移動だ。

丁度この日に発《た》つ護送依頼がなくて徒歩を覚悟していたら、都合よくギルド専用馬車の巡回日に当たると教えてもらい、その馬車に便乗させてもらう手筈《てはず》になっていた。

運賃はない代わりに、いざという時は護衛しろという、そんな分かりやすい仕組み。

だが、まだ町にも到着していないっぽく、こんな時にはただ到着を待つしか方法がないらしい。

一瞬、それまでヤーゴフさんの部屋に逃げようかと、そんな考えも過《よぎ》ってしまうが……

「いいじゃないの。皆ロキ君を慕って集まってきてくれてるんだから、最後くらい付き合ってあげなさいな」

「最後じゃないですって、また戻ってくるんですから……でも、まぁ…………はい」

コミュ障にはかなり厳しい状況だ。

自分が見送る側の1人なら何も問題ないのに、見送られる側となると、途端にどうしたらいいのか分からなくなってしまう。

でも今の言葉で、未《いま》だ理解はできていないけど……

それでも少しは冷静になれた。

そうだな、せっかく俺のために集まってくれているんだ。

なのに俺が出発までどこかに引っ込むというのは、さすがにちょっと違う。

「よし！　僕も1杯だけ飲みます！　おばちゃん果実酒、激薄で！」

「あいよー！」

「よっしゃ！　そうこなくっちゃな！」

「ちょっとロキ君！　あなた一応護衛でしょ！　さすがにお酒は――」

「いけいけー！」

「それじゃあ俺が、ここで自慢の歌でも……」

いつになく賑《にぎ》わいを見せるハンターギルド。

そんな時間も、馬車の出発時刻は12時予定なのだから、あと少しである。

▽　▼　▽　▼　▽

ギルドの正面入り口。

その脇に1台の馬車が止まっていた。

見た目は北門にいくつもある他の馬車と同様で、前後が見通せる筒形の幌《ほろ》になっており、脇に1ヵ所だけ布が捲《めく》れる小窓のようなモノが備え付けられている。

そんな馬車の中から2つの木箱が下ろされ、ハンターギルドの中へ運ばれていく光景を俺はぼんやりと眺めていた。

「なんでこんな賑やかなんだよまったく……おう坊主！　俺が御者のホリオだ。よろしくな！」

「あ、ロキです！　一応護衛でもあるみたいなのでよろしくお願いします」

「くはは っ！　マルタまでの道中なんざ、まず何も起きやしないから適当に遊んどけ。この辺の魔物くらいなら俺が倒しといてやるさ」

え、そんな適当でいいの？

アマンダさんと同じ40歳くらいだろうか？

やや白髪交じりのおじさん――ホリオさんから言われた言葉に耳を疑う。

一応確認の意味でアマンダさんに目を向けると。

「彼はギルド専用馬車の専属御者だから、よほどの緊急時以外はロキ君が動く必要ないわよ。彼もDランクハンターだしね」

「あれ？　さっきお酒を禁止されたから、てっきり働く場面があるのかと……」

「護送の仕事はほとんどが待機と見張り。移動の区間にもよるけど、何か起きることの方が珍しいの。でもだからと言って油断していいわけじゃないでしょ？」

「うっ、ごもっともです……」

「というわけでホリオ、道中暇だろうし、彼に旅の手解《てほど》きをしてあげて。まだ護送依頼の経験もない子だから」

真剣な表情でアマンダさんが見つめると、ホリオさんは顎を摩《さす》りながら深く頷《うなず》く。

「了解だ。しかしその年で、しかもベザート近郊の魔物だけを倒してDランクか……なるほどな」

何かを納得したような顔。

それが何かは分からないまま、着々と荷物の積み込み作業は進み――。

「それじゃあ、行くか」

御者台にのぼり始めたホリオさんの姿を見て、俺も一歩踏み出し、そして振り返る。

「元気でなー！」

「ちゃんと帰ってこいよー！」

「無茶するんじゃねーぞ！」

正直に言えば、皆一斉にしゃべっているので、誰が何を言っているのかよく分からない。

でも表情から気持ちは汲《く》み取れる。

奥には異世界人に対して過剰にビビるペイロさんを始め、ギルド職員の方々やお食事処のおばちゃん、それに解体場主任のロディさんや、忙しいはずのヤーゴフさんまで腕組みして眺めているし……。

「皆さんもお元気で！　必ずまた寄りますからね！　それまで誰も死なないでくださいよ！」

「当たり前だろーが！」

「お前が言うんじゃねぇー！」

「一番早死にしそうなのは誰よー！」

さすがハンターの人達だな。

誰か分からないがその返しに苦笑いしつつ、手を振りながら木箱の積まれた馬車の中へ入る。

ふぅ――……。

幌に遮られ、もうこれで皆の姿は見られない。

――と思ったら、馬車の後方から声を掛ける子供達がいた。

「ロキッ！　絶対だぞ！　ちゃんと戻ってこいよ！」

「私あの文字読めるように頑張るからね！」

「バカ！　それ内緒だろうが！」

「メイちゃんあとで怒られる～」

ふふ、最後まで相変わらずの3人衆だな。

「3人とも、ちゃんと勉強もするんだよ！　次あった時は文字だけじゃなく、算術の確認もするからね！」

「「「ギャーーーッ!!」」」

蜘蛛《くも》の子を散らすようにギルドの方へ走っていく3人衆を眺め、再び大きく一呼吸。

すると馬車がゆっくりと動き始めた。

なんとなく俺の背後にある小窓から外を見ると、ギルドの反対側。

そこに騒ぎが気になって出てきたのか、それともハンターの誰かから聞いたのか。

武器屋の店主であるパイサーさんも店先に立ってこちらを見つめていた。

（……あなたの作ってくれた剣で、頑張ってきますよ）

俺は思わず新調した剣を軽く掲げ、小窓から見えるようにする。

あの人に言葉はいらない。

作ってくれた武器で成果を上げ、そしてちゃんと生き残ればそれでいい。

そんな俺の気持ちが伝わったのか、パイサーさんは腕を組みながら、無言で深く頷いてくれた。


ゆらゆらと、揺れながら進む馬車。

後方から手を振ってくれる、知り合いのハンター達。

その光景を見つめながら俺も手を振り返していると、少しして馬車の進路が北を向く。

皆の姿が、視界に入らなくなる。

あとはこのまま進めば北門へ、そしてベザートを抜けるだけだ。


「うぅ……うぅぅ……」

——そう理解した途端、決壊したように涙が溢《あふ》れ、ポタポタと床を濡《ぬ》らす。

今日になってずっと、味わったことのない、不思議な感情に襲われていた。

それでも我慢しようと、そう思っていたのに……

まるで機械のように感情を殺し、淡々と過ごしていた色の無い日常から、鮮明に日々が色づくこの世界へ。

生死を嫌でも理解させられるこの日常のせいなのか、それとも他に要因でもあるのか。

なぜかこの世界に来てから感情の波が激しくなっていることを理解するも、上手《うま》く制御ができずに両手で顔を覆う。

今までの人生で、こんな見送りをされたことなんて一度もなかった。

小学校でも、中学校でも、高校でも。

卒業式はなんとなく別れ、ほとんどの人達とはそれっきり。

だからと言って、それを後悔することも、再会したいと思うことも一度としてなかった。

それだけ関係が希薄だった……相手から再会を求められることもなかったんだ。

なのに――

(なんでよく買い食いしていた屋台のおじちゃんに肉屋のペンゼさん、それに何かある度通っていたカレー屋の店主まで出てきてんだよ……どこも絶対この時間は営業中でしょうが……)

俺の中の常識は――日常とはなんだったのか。

この町の人達は温かい。

ただただそのことだけを思いながら、ゆっくりと抜けた後の北門を眺める。

周囲にはよく話していた衛兵さんと共に、打ち上げの時に見た覚えのある多くの人達と、それになぜかジンク君とメイちゃんが肩で息をしながら、それでも上半身を振り回す勢いで両手をブンブンと振っていた。

ふふっ、横にいるポッタ君は息も絶え絶えといった感じで、とてもそれどころじゃなさそうだけど……

(この光景、忘れられないなぁ……)

最初に訪れた町がベザートだから、今の俺がきっとある。

そんなことを思いながら、皆の姿が見えなくなっても馬車の後部を眺め続けていた。

▽　▼　▽　▼　▽

「ホリオさん、もう日が昇り始めましたよ」

「んお……？　なんだ、そのまま夜番をしてくれたのか……悪いな」

「いえ、その分昨日は休ませてもらいましたから」

荷室の隙間で寝ていたホリオさんに声を掛けると、大きく伸びをしながら焚火《たきび》の近くへ寄ってくる。

結局俺は寝ずの番をすることになってしまったが、元から徹夜は得意な方なので問題ない。

それよりも昨日は迷惑を掛けたなーという思いの方が強く、とてもじゃないが気持ちよさそうに寝ているホリオさんを起こす気にはなれなかった。

何をしたというわけじゃないんだが、それこそビックリするくらい何もしなかったからなぁ……。

昨日はホリオさんが前方、俺は後方の警戒と役割分担がすぐに決められたため、ただただ荷室の後部に腰掛けながら、流れてゆく景色やたまにすれ違う馬車と人の姿をボンヤリ眺めていた。

道中何かトラブルがあるわけでもなく、一度だけ馬車が動きを止めた程度。

それもゴブリンが街道の脇からひょっこり現れ、馬を狙いそうだったからホリオさんが始末したというくらいで、聞いていた通り何も出番がなかったのである。

そしてまた、軽い朝食を摂ったら平和な旅がスタートしたわけだが——

「ロキ、もう気持ちは落ち着いたんだろ？　だったら今日は前だ。旅を目的にするなら馬車と馬の扱いくらい慣れておいた方がいい」

そう言われ、2人並んで御者台に座る。

うん、ちょっと狭いが、これはこれで旅をしている感があってなんかいいね。

〝俺が眠くなるまで〟ということで手綱の握り方や馬の餌やりなど、馬車の基本的な扱い方を教えてもらったわけだけど、その流れで関連するスキルやその効果にまで話が広がっていくと内容の面白さから眠気も吹っ飛び、気付けばホリオさんが管轄しているというラグリース王国南部の地理情報や生い立ちにまで話が及んでいた。

ホリオさんの出身はマルタの北にあるミールという小さな町のようで、そこだと付近にはFランク狩場に該当する森が1つあるだけ。

なのでさらに北にあるリプサムという——ヤーゴフさんからも話を聞いていた、Dランク狩場を抱えるそこそこ大きな町でかつては活動していたらしい。

そしてリプサムをさらに北上し、いくつもの町を越えればこの国の王都が。

その王都からさらにずっと北へ向かうと、ラグリース王国唯一らしいCランク狩場もあるとのこと。

管轄外なので北部はその程度しか分からないと言っていたけど、それでも各所を廻《まわ》る先輩ハンターの話は、土地勘のない俺からすれば目からウロコな内容ばかりだ。

「おっ、右前方、ゴブリンが出てきたけどどうする？」

そして、夢中になって話を聞いていると、数時間に1回程度の割合で魔物が街道にひょっこり姿を現してくれる。

昨日も含めて、ようやくこれで4体目。

「倒してきまーす！」

ずっと座っているとお尻が猛烈に痛むからな。

こうして移動中に身体《からだ》を動かせるのは嬉《うれ》しいけど、スキルを持っていないゴブリンしか出てこないし、なんとも物足りなさを感じてしまう。

「相変わらず鮮やかなもんだなぁ……」

「所詮はゴブリンですから。それにしてもアマンダさんが言っていた通りで、本当に護送の仕事って動きがないというか、暇なんですね」

今回はホリオさんという大先輩からいろいろと話を聞けているので、時間の経過も非常に速い。

しかし、これが通常の護送依頼となると……暇過ぎて、想像しただけで恐ろしくなる。

絶対俺には向いていない仕事だ。

「そりゃ一部の山中や特殊な区間を除けば、魔物が出にくいから街道を通しているわけだしな。多くは本当にいざという時用、どちらかというと魔物よりも野盗対策で護衛を雇う商人が多い」

「なるほど、野盗ですか……」

昨夜も野営中に近寄ってくる連中がいたら起こせと言われていたし、これは身を引き締めねばと気合を入れるも、ホリオさんはそんな俺の姿を見て『ないない』と笑いながら御者台の後方を指差す。

見上げると、ギルドの入り口でも掲げられている、剣と盾と杖《つえ》の入り交じったマークが幌に描かれていた。

そういえば馬車の後部や、窓がない方の側面にもこのマークがあったな。

「コイツを見て襲ってくる野盗なんてまずいないぞ？　金にならない物しか積んでいないのは向こうも分かっているからな。それにベザートとマルタの間じゃ商人だって積み荷も大したもんは積んでいないし、そもそも視界が良過ぎて野盗が隠れる場所なんてないだろ？」

「あー確かに……」

「だから遊んでろって言ったんだ。魔物がたまに出てきたってゴブリン程度。特にここの区間は眠くなっちまうから、今回は話し相手がいてくれて助かったぜ」

そう言いながらケタケタ笑うホリオさんを見て、なぜこの人は御者専用のハンターをやっているんだろうか？　と、ふと思ってしまった。

豪快な欠伸《あくび》を連発している姿は、とてもこの仕事を楽しんでいるようには見えない。

ハンターなんて体力勝負なところもあるし、思うように身体が動かなくなってきたのだろうか？

「ちなみにギルドの専属御者になったのは何か理由があるんですか？」

「……まぁな。現実を知っちまったんだ」

「現実？」

「若い頃は調子に乗ってたんだよ。期待の新人なんて言われて、トントン拍子でDランク狩場でも安定するようになって。そんで、近場にBランク狩場があるなんて知ったら、どんなところか行ってみたくなるだろ？」

「まあ、行きたくはなりますね」

「で、想像以上の惨劇に命からがら逃げた。当時のパーティメンバーを何人も魔物に喰《く》い殺されながらな……それからだ。仲間の死が怖くなってパーティを組めなくなった」

「……」

期待の新人……強い狩場への興味……俺と被《かぶ》るところがホリオさんには多い。

「暇に感じるほど安全に稼げる――そんな状況を喜べるヤツなら良かったんだがな。俺と同じ、それを苦痛に感じちまうようなヤツは大概早死にする」

「ホリオさんも……」

「ロキが昔の俺に少し似ていると思ったから話したんだし、気をつけろよ？　決して様子見程度でも行くもんじゃない。身の丈に合わない狩場なんかに行けば、俺みたいになっちまうからな？」

そう言って乾いた笑みを零すホリオさんの話は、たぶんこの世界でもよくあることなんじゃないかと思う。

ハンターという職業を選べば出てくる単純な興味、今までよりも高い収入、高ランクハンターへの憧れ、過剰な自信……その結果、急に降りかかる身近な死。

ギルドがそうならないようにランクで依頼制限を掛けていても、それでも興味本位でどの程度のものなのか、様子を見に行ってしまうハンターはきっと多いのだろう。

俺もゲームでなら間違いなくその1人だった。

そして異世界という今の現実《リアル》でも、その一歩手前まで来ている自覚がある。

死んだら終わりという気持ちと、もしかしたら飛び級でBランクもこの防御力があればなんとかなるんじゃないかと。

上手く安定して倒せれば、急激なレベル上昇と上位狩場らしいスキルを得られ、飛躍的に俺の能力は向上するんじゃないかと……

そんな気持ちがせめぎ合っている。

「大丈夫ですよ。ベザートの皆にはまた会おうと約束しましたからね。死ぬような選択をするつもりはないです」

「ならいいけどな……」

――決して『行かないです』とは言えなかった。

大概は早死にするとしても、周囲が見上げるほどの大成は、その時勇気を振り絞って足を踏み出した人達にしか得られないだろうから。

そんな思いに気付いたのか気付いてないのか、ホリオさんもその点を突っ込むようなことはしてこない。

2人して馬車の行き先をのんびり眺め――

「やっと着いたな。あれが南部の交易都市、領都マルタだ」

石造りの高い外壁が見え始めたところで、ホリオさんがそう教えてくれた。

第20話　交易都市マルタ

ホリオさんは2人いた門番のどちらとも知り合いなのか顔パスで。

俺はギルドカードを提示することによって、すんなりマルタの町へ入ることができた。

すると中に入っての景観にまず驚く。

(おぉ～地面が石畳だ。外壁といい、町の雰囲気が明らかに違う)

土と木材が多く、全体的に茶色いイメージの強かったベザートと違い、馬車の中から眺めるマルタの町は、石材が非常に多く少し近代的に見える。

一言で言えば整った綺麗《きれい》な町並み。

そこら辺を歩く人達《たち》の服装もベザートより質が高そうに見えるし、農村チックな町ベザートと都市マルタというくらい大きな差があるように感じる。

(すごっ……ホリオさんがさりげなく領都って言ってたけど、まるで映画の中の世界みたいだな……)

そんな感想を漏らしながら、お上《のぼ》りさんの如《ごと》く町の景観に釘付《くぎづ》けになっていると、しばらくして大通りに面した場所で馬車が止まり、ホリオさんから声がかかった。

「とりあえずハンターギルドには着いたが、お前はこれからどうするんだ?」

「あ、僕もギルドに用があったんで丁度良かったです。資料室で近隣の狩場情報を調べようと思っていたので」

「そうか……じゃあ俺はギルマスに用があるからここでお別れだな。ロキ、夜番助かったぞ。身体《からだ》に気を付けてほどほどに頑張れよ？　くれぐれもほどほどにだ」

そう言って、肩をパンパンと叩《たた》いてくるホリオさんを見上げながら思う。

お礼を言わなきゃいけないのは俺の方だ。

まさか移動中にここまで有益な情報を貰《もら》えるとは思ってもみなかった。

女神様達に聞いてもまず分からない、この世界で実際に生活しているハンターだからこそ分かる生の情報——本当に感謝しかない。

「こちらこそいろいろ教えてくれてありがとうございます！　またどこかでお会いできることを期待してますよ！」

その言葉に片手をヒョイッと上げ、馬車に気付いて駆け寄ってきたハンターギルドの職員に何かを指示し始めたホリオさんに頭を下げたら、俺は早速建物の中へ。

すぐに見つけた資料室に入ると、胸の高鳴りを強く感じながら、鎖で繋《つな》がれた薄い本へ手を伸ばす。

内心、昨日からこの本を見るのが楽しみでしょうがなかったのだ。

魔物のことが分かればどんなスキルを所持していそうなのか想像が膨らむし、そのスキルを獲得できるかもと思えば、お次はどんな使い方ができるのかと妄想も膨らむ。

「ささてさて、どんな魔物が載ってるのかな……」

本を開くとまず飛び込んでくるのが、Ｆランク狩場《パル草原》の情報だ。

相変わらず挿絵付きで出現する魔物情報が載っており、目を通すとホーンラビット、ゴブリンという既知の魔物の他に、新種でファンビーという魔物の存在が確認できる。

挿絵を見る限りでは『蜂』かな。

となると素材はお尻の針にもなっているし、やっぱり毒絡みのスキルだろうか？

まぁＦランク狩場のここはおまけ程度だ。

新種のスキルがあればレベル３くらいまで取得して、すぐ次のＥランク狩場へ移るべきだろう。

お次は、と。

ページを捲《めく》り、思わずニヤリとしてしまった。

Ｅランク狩場《ボイス湖畔》——出現する魔物はホールプラント、アンバーフロッグ、マッドクラブという名で全て新種、そして念願の水場だ。

ベザートと作成した人が違うのか、あまり詳しいことは書かれていないが……

上手《うま》くいけば【水魔法】が取得できるかもしれないと思うと、今からワクワクが止まらなくなってくる。

ここも苦戦することはないだろうし、できればスキルレベルの高い魔物がいてくれと願うばかりだな。

おまけに物凄《ものすご》く興味深い情報も書かれていた。

「稀《まれ》に黄金色に輝くアンバーフロッグが出没することもある、か」

これはまさかのレア魔物というやつだろうか？

そんな存在まで出現するとなったら、俺のワクワクが突き抜けてしまうんだが？

この手の魔物はレアなスキル持ちって相場が決まってそうだし……

ん～これはぜひお目にかかりたい！

……って、何をこんなところで1人興奮しているんだ俺は。

まずは情報を一通り確認しなくては。

さらにページを捲ると、もう1つのEランク狩場《コラド森林》の情報が載っている。

が、ここは残念ながらルルブの森とほとんど魔物構成が同じだ。

スモールウルフにリグスパイダーと、散々狩り倒した魔物の中にスネークバイトという新種が交ざっている。

となるとここも、このスネークバイトという魔物の所持スキル次第。

持っていないスキルがあればレベル3くらいまで上げて、とっととおさらばということになるだろう。

ふーむ……

ここまでの情報を見ても、新しい狩場に行けば全てが新種というわけではなく、似たような環境だとそれなりに魔物構成も重複していることが分かる。

つまり今後狩場巡りをしていけば、どんどん新種魔物との遭遇率は低くなるということ。

これを喜ぶべきかどうかは悩むところだが、そうなると新しい町に行っても、付近の狩場次第ではすぐに旅立つパターンも出てくるのだろう。

まさに新種の魔物探し、新種のスキル探しの旅というわけだ。

（ふふ……ふふふっ……すっごく楽しいなぁ……）

こうやって自分が強くなるための計画を練り、妄想するというのは本当に楽しい。

これで新しい狩場に行き、予想外のレア的な何かがあればさらに最高である。

――ただそれも、生き延びてこその話だ。

ふぅ……

それじゃあ、問題のＢランク狩場を見てみようか。

――Ｂランク狩場《デボアの大穴》――

『マルタ北西の緑地帯に存在する巨大な巣穴。常に複数体で行動する体長１ｍほどのソルジャーアント、隠れ潜み襲ってくるキラーアントのほか、上位個体でもあり浮遊するレヴィアントが２種を統率することで知られている。

魔物自体はＢランク下位だが、常に複数戦、連戦を強いられる上、内部は光の届かない広大な迷路にもなっているため、通常のＢランク狩場よりは遥《はる》かに難易度が高い。

また最奥にはクイーンアントが存在しており、単体でＡランク上位の魔物と認定されている。もしクイーンアントが誰かの手によって倒されていれば、半年ほどは内部の魔物出現割合が大幅に減るため難易度も下がるだろう』

（な、なるほど？）

１ｍの蟻《あり》がウジャウジャいる蟻の巣……おまけにクイーンアントかぁ……

ゲームでは何度も蟻と戦う場面があった。

それこそワラワラと群がる蟻をまとめて釣っては薙《な》ぎ倒したりしていたものだが、それをリアルでやるのか、やれるのかとなれば、些《いささ》か厳しい気がしないでもない。

「うん、とりあえず蟻の巣は放っておこう」

まずは書状を使わず、他３つの狩場を攻める。

その結果得られたスキルやステータス、それに情報なんかも精査しつつ、慎重に判断するとしよう。

さーて、それじゃーもうそろそろ日も暮れるだろうし、早いとこ宿探しを始めちゃいますかね。

▽　▼　▽　▼　▽

「申し訳ありません。当館本日は満室でございまして……」

「あ、あらら、そうでしたか。ちなみに１泊おいくらかだけ教えてもらえますか？」

「お部屋にもよりますが、１泊３万ビーケからでございます」

「そうでしたか……ありがとうございます」

決して安いとは思わないが、それでも払えないことはない金額だ。

にもかかわらず、ホリオさんから教えてもらったこの町唯一らしい風呂付宿屋は予想外の満室だった。

ロビーと呼べる広い1階スペースを見渡すと、ベザートではまず見ることのなかった豪奢《ごうしゃ》な衣装に身を包んだ人達がチラホラと談笑している。

南の貿易都市と呼ばれているくらいだし、ここは金銭的に余裕のある商人なんかが多く泊まっているわけか。

（はぁ……とりあえず今日は風呂なしでもいいからどこかで部屋を確保して、また明日以降に空きを確認してみるか）

久々のお風呂だと期待していただけに、質の良さそうな調度品が目立つ高級宿を出る足取りは重い。

だが空きがないならしょうがないと、近場で宿屋探索を開始。

ベザートで言えば、ビリーコーンくらいの小綺麗《こぎれい》な宿を見つけ、その日はすぐに食事を摂《と》って就寝した。


そして翌日。

俺は早く狩りに行きたい衝動に駆られながら、それでも金貨袋を握りしめ、町の中心部をうろついていた。

ゲームでもそう、大きい町と言えばまずやることは買い物だ。

効率の上がりそうなモノは先に買っておいた方が得なわけで、宿の女将《おかみ》さんに教えてもらった付近を歩いていると、分かりやすい指輪の絵が描かれた看板を発見する。

どうやらこのお店が、マルタでも一番大きなアクセサリー屋らしい。

早速店内に入ると、真正面に煌《きら》びやかな宝石の備わった装飾品が並んでいたため、物凄い場違い感に襲われてしまうが……

「いらっしゃいませ。本日はどのようなご用向きでしょうか？」

「えーと、ハンター向けのアクセサリーが欲しくて来たんですけど」

「承知しました。では、こちらへどうぞ」

店員さんが指で示した方を見て、思わず安堵《あんど》の溜息《ためいき》を吐《つ》く。

一瞬、あんな派手なアクセサリーを着けなきゃいけないのかと焦ったけど、案内された一角には武骨なデザインの指輪やイヤリングがいくつも並んでいた。

そうそう、こんなんでいいんですよ。

「こちらが男性ハンター向けの装飾品になります」

「ありがとうございます。種類はイヤリングと指輪、あとはネックレスですよね？」

「能力向上を目的としたアクセサリーであればそうなりますね。お客様はどの能力を伸ばされたいのですか？」

「ん？　能力ですか？　それであれば――やっぱり『筋力』ですかね？」

「んっ？」

「んんっ？」

「そのような能力はありませんが……」

「んんんっー？」

理解が追い付かず首を傾《かし》げていると、店員さんも同じように首を傾げなら説明してくれる。

まず単なる装飾目的ではなく、装備として活用する場合のアクセサリーは『イヤリング』『指輪』『ネックレス』の3種に分けられる。

そしてこの中から同種でも良いので2つ装備するというのが、能力向上を目的とする場合の選び方らしい。

逆に言えば【付与】上限と同じで、指輪を仮に10個着けても能力向上の効果があるとされているのは2個までというのが、長い年月検証されてきた上での通説でありこの世界の常識とのこと。

そしてこの『能力』というのも少し変わっており、そもそもこの世界では各能力値というのが表面化されていない。

なので能力向上と言っても言い方が異なり、『攻撃力上昇』『魔法攻撃力上昇』『素早さ上昇』『命中率上昇』という4つのどれかを願って作り手がアクセサリーを作成。

その恩恵にあやかろうと、ある意味お守りのような感覚で装備するのがアクセサリーというモノらしい。

となると、当然気になることも出てくる。

「能力の向上はどれも均一なんですか？　それともバラつきが？」

均一ならデザイン重視でいいし、バラつきがあるのならデザインなんて二の次で、上昇数値優先というのが俺の考えだ。

ゲームによくあったアバターとか見た目重視装備とか、その辺の優先度はだいぶ低い。

「能力には差があります。これは【装飾作成】スキルを持つ作り手のスキルレベルと、あとは天運も影響すると言われていますね」

「天運？」

「ええ、同じ作り手でも、こうして結果が異なりますので」

そう言いながら、手で陳列されているアクセサリーを指す。

「ここから左側が【鑑定】で能力が『微小』とされているもの、そしてこちらから右側が能力『小』のものになります」

「なるほど……」

値段は『微小』だと大体3万ビーケ前後、『小』だと20万ビーケ前後ってところか。

そこまで極端に高いわけじゃないな。

「それと、当店の在庫は全て【鑑定】済みでございますから、露天商などと違って標記偽りということは一切ございません」

「あー……そういうのもあるんですね」

「【鑑定】持ちでないと『微小』も『小』も区別がつかないでしょうから」

「確かに、見ても違いがさっぱり分かりませんね。ちなみに『小』よりも上のアクセサリーは置いていないんですか？」

「当店では残念ながら……能力が『中』のアクセサリーであれば、王都など一部のお店で取り扱いがあると聞いたことはあります」

ふむふむ。

となると能力の向上は『中』までが世間一般で購入できる限界。

さらに上の『大』なんかは、この世界の住人じゃスキルレベルと『幸運』の値が足らなくて、そう簡単には作れないってことなのだろう。

転生者が好んで【装飾作成】なんてスキルを女神様にお願いするとも思えないしな。

あと気になることは――これか。

「まだどうするかは決めていないんですけど、【付与】目的でそこそこ良い素材を使用して、一から作成してもらうことは可能ですか？」

「もちろんでございます。その場合はデザインも含めてご相談に乗らせていただきますし、必要があれば〈付与師〉も当店に在籍しておりますので、【付与】も含めた対応をさせていただくことが可能です」

「え？〈付与師〉の方がこちらにいるんですか？」

「え、ええ。アクセサリーは【付与】が主なところもございますので」

マジか。

となると……ここで一旦思考に耽《ふけ》るも、武器と違う要素も存在するため判断が難しい。

とりあえず確認すべきはこれか。

「ちなみにアクセサリーへの【付与】は、【魔力自動回復量増加】が適応されるか分かりますか？」

「それは大丈夫ですよ。特に魔導士の方はご所望される方が多いですから」

「なるほど……」

つまり、ここに在籍している〈付与師〉は、その要望に応えられているということ。

まず間違いなく【魔力自動回復量増加】も所持している。

あとは、この辺りが聞けるかどうかだが……

「えーと、〈付与師〉の【付与】と【魔力自動回復量増加】のスキルレベルをそれぞれ教えてもらうことはできますか？　もちろん、可能ならでいいので」

すると親切丁寧に対応してくれていた定員さんの表情が若干曇る。

「さすがにそこまでは……」

まぁ、そうだろうな。

常連ならまだしも、俺はフラッと立ち寄った程度の一見客だ。

そこまで情報を公開する義理などないし、リスクの方が高いと判断されたってなんら不思議ではない。

となると、剣のように金をかけて素材から拘《こだわ》るというのはまだ時期尚早か。

それに『微小』や『小』という、アバウトな能力補正が別につくのだ。

大金つぎ込んで上位素材を使用したのに、【装飾作成】レベルが低くて能力は『微小』ですとなると、後々になってかなり後悔してしまいそうな気もしてくる。

じゃあ今やるべきことは――

「無理を言ってすみません。では、攻撃力上昇のネックレスを、『微小』と『小』それぞれ1つずつください。デザインは軽ければなんでもいいので」

「え？　あっ、はい！　ありがとうございます！」

とりあえずこれで様子を見てみようか。

『微小』や『小』と言われても、その能力補正がどの程度なのかさっぱり分からないからな。

装備して俺のステータス値に反映されれば理想だが、武器や防具が反映されていないことも鑑みると、体感による差を感じ取れれば良しといったところか。

はっきり感じ取れるなら、今度は同枠の『微小』同士で差があるのか検証したっていいしな。

ひとまずネックレスにしておけば、狩りの邪魔になることもないだろう。

俺が買うと思っていなかったのか、慌てたように用意してくれた店員さんからモノを受け取り――

（さて、次は雑貨屋かな？）

もう1つの買い物を済ませるべく、再び町の探索を開始した。

▽　▼　▽　▼　▽

マルタの中心部。

大通りに面したお店が密集する地帯で、俺はいろいろな店をグルグルと回る。

全ては目的のモノを探すためなわけだが――

（うーん、ないないない……なんで『地図』が売られていないんだ？）

なんでも地球の常識が通じるとは思っていない。

だから地球にあるモノが見当たらないなんて、そんなのある程度は割り切っているつもりだけど、それでもさすがに『地図』くらいはどこかで売っているものだろう。

世界地図なんて贅沢《ぜいたく》は言わなくても、せめてここ、ラグリース王国の全体図くらいはどこかの誰かが作っているはず。

しかしこれは……ベザートは小さな町だから置いていないだけだと思っていたけど、これほど大きな町でも見つけられないとなると、もしかしたら『地図屋』なる専門のお店でもあるのだろうか？

そんなよく分からない考えまで浮かんでしまう。

（もうこれで3軒目だし、いい加減お店の人に聞いちゃった方が早いかな……）

そう思ってカウンターで暇そうにしていたおばちゃんに声を掛けてみる。

「すみません。ここに『地図』って売ってないですか？」

俺も自分の目で店の商品を見たのだから、たぶん『売ってない』と言われる。

だからその後、売っているお店を聞こうと思っていた。

が――

「地図？　なんだいそれは？」

想定の斜め上を行く回答が出てきてしまい、俺は思わずその場で固まってしまった。

（……なんだこれは？　こんなパターン今まであったか？）

【異言語理解】のスキルはかなり優秀だ。

言語を正確に解読するというよりは、感覚でスキル所有者が理解できる言葉に置き換えてくる。

ハンターギルドのランクにしても、実際ローマ字がカードに書かれているわけではない。

目で見える情報はミミズが這《は》ったようなウネウネしたこの国の文字と記号だが、それを俺が持つ知識に当てはめて理解できるよう、変換して伝えてくれる。

カレンダーも見当たらないこの世界で『週』という言葉が通じるのも、『メートル』や『時間』がそのまま地球の感覚で使用できるのだって、相手の所持する【異言語理解】が、ちゃんと理解できる内容へ変換して伝えてくれているからだ。

だから不思議な――、初めてとも言えるこの感覚にどうしたらいいのか分からなくなってしまう。

（いや……過去にもあったか。地球のモノを説明した時も、ヤーゴフさんは同じような反応をしていた）

衛星とか電波とか、スマホの解説をした時は目の前のおばちゃんと同じ様子だったけど、ランニングシューズなんかはあっさり理解していたことを思い出す。

ということは、『地図』がおばちゃんにとって衛星や電波並みに持っている知識で補完もできない、未知の存在ということになるのか？

いやいや、冗談だろう……

「『マップ』という言い方をしたりもします。どこに向かえばどんな町や国があるのか、俯瞰的《ふかんてき》に見たおおよその配置図のようなモノなんですが」

「そんなの聞いたこともないよ。逆にどこでそんな大層な物を売っているっていうんだい？」

ええ……これはどうやらマジっぽい。

ということは、この世界の人達って『地図』もない状態で生活してるのかよ⁉

いくら街道があると言っても町と町との間は距離があるし、地球より絶対に地図が必要な世界のはずだよね？

なのに誰も作ろうとしないなんてどういうこと？

このままじゃ、俺が旅の途中で迷子になっちゃうでしょうが！

（これこそ報告すべき女神様案件というやつだ。この世界が地図もなしにどうやって成り立っているのか謎で仕方ないが……文明が発展しない大きな要因の1つはまず間違いなくコイツだろう）

あーあ。

次の町だけじゃなく、狩場への行き方だって、地図があればある程度解決すると思っていたのに……

今後の旅を考えると少し憂鬱になりながら、【神通】が可能な時間になるまで町の探索を続けた。

▽　▼　▽　▼　▽

これは大事になってきたな。

そんなことを思いながら、日の沈んできたマルタの町を北西に向かって歩いていく。

一度宿に戻り、【神通】を使用して地図がないことを説明すると、すぐにフィーリル様からリステ様へと担当が代わった。

基本話したがりな女神様達だ。

途中で交代が入るなどこの時点で異例だが、さらにだいぶ待たされた挙句、とてもこの時間では説明しきれないからと。

ほとんど説明もないまま、まさかの呼び出しまで食らってしまったので、やはり普通じゃない何かが起きているのだろう。

まぁ俺が何かしたというわけではないので、魔物からスキル経験値を得られた時の呼び出しに比べれば遥かに気楽だけど。

「あーここか。外見はあまり変わらないんだな」

道行く人に教会の場所を尋ねると、マルタには3つあるから、誰に用があるんだと逆に問いかけられた。

だからリステ様だと答えたら、おおよその場所を教えてもらえたわけだが……

なるほど、さすが大きな町だ。

中に入ると神像は2体だけ。

あれはリステ様と——たぶんフェリン様かな。

それもあって武装した人の姿はまったく見かけず、代わりに商人然とした出《い》で立《た》ちの男女が多く行き来していた。

しかしマズいな……仕事が終わり始めるこの時間帯はどうやら激混みらしい。

咄嗟《とっさ》に女神様達の世界へ行けるならどっちも同じだろうと、まだ人が少ないフェリン様の方へ並ぶも、それでも長時間祈っていられるか不安が募る。

そして、数分待つと自分の番に。

もう慣れたもので、祈りながら心の中で呟《つぶや》くと、そう時間も掛からず聞き慣れた声を耳が拾った。

「わざわざすみません。お忙しかったでしょうに」

「あーいえ、狩りは明日からだと思って動いていたので。ただこの時間は教会がかなり混んでいたので、急いだ方がいいかもしれません」

言いながら、周囲の状況を確認して少し驚く。

珍しい構成だ。

場所はいつもと同じ、椅子とテーブルだけが置かれただだっ広い草原だが、今日はリステ様と少し後方に控えたアリシア様の2人だけが立っていた。

そして俺の言葉に2人は顔を見合わせる。

「では少し急ぎましょうか。私は黙って聞いていますので」

「ええ、それでは早速本題に」

2人の表情もそうだし、話す声色からして【神通】の時とは違う緊張感が漂ってくる。

少なくともリステ様は『地図』の存在を知っていた。

だからきっと、女神様達もこの件に何かしらの関与はしているはずなのだが……

「まず結論として、今この世界に地図は存在しません。人間だけではないので敢《あ》えて人種と言わせてもらいますが、地図という発想すら出てこないよう制限を掛けております」

「……今、ということは、昔はあったということですか？」

「その通りです。人間が作る粗末な地図もあれば、空を飛べる鳥人族が作った少し精度の高いモノまで様々にありました。そして過去にその全ての存在をこの世界から消しています」

存在していた地図を消す？

この時点で理解不能だが、相手は神様、女神様。

人の常識にいちいち当てはめていたら話が進まない。

「つまり何かしらの不都合が起きて、地図という概念をこの世界から無くしたと？」

「概念というほど大それたものではありませんよ。『地図』を知る者に内容を聞かされれば、そういうモノがあるんだと理解はできますから。フェルザ様のお力によって一度存在そのものを消し、以降この世界に生まれた者は、俯瞰《ふかん》した世界を描き記すという考えが及ばなくなるようにした。それだけです」

「描き記すこと……あーなるほど。でも頭の中ではそれぞれ俯瞰した光景を思い描けているということですよね？」

「その通りです。範囲や精度に個人差はあれど、それが地図という認識もないまま各々が頭の中に描いて生活していることでしょう」

この言葉を聞いて、だろうなと1人納得する。

先ほど教会の場所を教えてくれた人も、アクセサリー屋がどの辺りにあるか教えてくれた宿の女将さんだってそうだ。

それぞれが方角や距離感をちゃんと理解していた。

つまり、それが住む町だけの話なのか、それとも通っている狩場などを含めた周辺地域にまで及んでいるのか。

そこに個人差はあるにしても、紙に描いて広く情報共有できないというだけで、自分なりの地図を頭の中に抱えていることは間違いない。

「描き記せないことに違和感を覚えないこの世界の人達も凄いですけど、それ以上にフェルザ様がそんな無理やりなことまでできてしまうのが恐ろしい話ですね」

「私達がどうしてもとお願いしたことですから……」

ふーむ。

地図をこの世界から消したのは分かったが、なぜそうしたのかが分からないな。

もしかすると、世界の根幹に触れてしまう内容なのだろうか。

「その理由については聞いてもいいことなんですか？」

「黙っていてはロキ君がこのまま広めてしまうと判断して、こうして打ち明けているのです。理由についてもお伝えしておく必要はあるでしょう」

「……」

「『地図』が世にあることで人種の争いに拍車を掛ける——そう判断したため、この世界から存在を消したのです」

「争い、ですか……」

すぐには呑《の》み込めず、どういうことかと思考を巡らせる。

そんな俺の姿を見て、当時を思い返すように補足してくれたリステ様の話は、この世界だからこそ尚更《なおさら》に関連性があるのかもしれないと。

そう思えてしまうような内容だった。

まず当時の地図というのは様々な種類があれど、相当古い時代から引き継がれた精度の高い地図も一部には存在していたらしい。

しかしある時代にそれらが広く出回ったことで、前例のない人口減少が発生するほど争いが激化。

いくつもの地図を組み合わせることで、他国、もしくは他人種との領土差がどれほどあり、どのようなランクの狩場を相手国は占有しているのか、ある程度の情報が得られてしまうため戦略の幅は広がり、行動を起こす切っ掛けにもなっていたのだという。

そして、かつて起きていた争いの多くは狩場の奪い合いからきていたものだと、そうリステ様から聞かされた時。

碌《ろく》にその手の知識なんてない俺でも、なんとなくその理屈くらいは理解できてしまった。

つい先日、その魔物資源で大きくお金を稼ぎ、そして強くなったためだ。

もちろんそれだけが全てではないにしても、良質な狩場は国を豊かにし、人を育てる。

だからきっと、この世界の人達は土地を奪い合った——その場に長く存在し続ける狩場を得るために。

「ちなみに、世界から地図を消したことで効果はあったんですか？」

「そうですね。完全に争いがなくなるなどということはありませんでしたが、それでも人口の減少は止まり、大陸を統一せんとするほどまでに勢いのある国はそれ以降出てきていないはずです。近年は少し荒れているようですが」

「なるほど……」

荒れているか。

言わずもがな、それはヤーゴフさんの情報通りであれば異世界人のせいだろう。

そしてかつては各国が良質な狩場を求め合っていたけど、今は代わりに良質な異世界人を求め合っているといったところか。

成功と失敗。

世界が上向くように手を打ってはいるのだろうけど……

「正直に言えば、地図を消したことによるデメリットも相当大きかったでしょうね」

「そうだと思います。私は商売の女神ですから、販路が不透明になり、人々の往来が徐々に減っていく様を長く見守ってきました。だから地図をなくしたことが正解だったと断言はできません」

「今の俺がまさにそうですけど、土地勘がなく、情報も得られなければ外の世界がまるで分かりませんからね。多くの人達にとっては凄く小さな世界になってしまっているのだと思います」

「……でしょうね。私は教会に立ち寄った者の記憶から下界の情報を確認していますが、一部では当たり前のように流通しているのに、少し離れただけでその情報がまったく出てこないなんてこともよくありますから」

モノの流通はトラックや飛行機が存在しないこの世界ならしょうがない部分もあるとは思う。

ただ地図がなくなり、人々の動きが鈍くなればそれだけ情報も止まりやすくなる。

商業や文明の発展という意味で言えば、相当なマイナスになってしまっているはずだ。

「あの、地球は……地球では、どうなのでしょう？」

と、ここでリステ様が不安げな表情で問い掛けてくる。

凄く漠然とした質問。

でも何を聞きたいかはなんとなく分かる。

「地球だと大陸というより星全体の地図がありますけど、やっぱり人ですから、争い事がなくなるということはありません。ただ文明が栄えたことによってお互いがお互いに監視し合っているようなところがあるので、１つの国が丸ごと消滅するような武力衝突というのは減ってきていたと思います」

「つまり、数多《あまた》の国が荒廃し、文明が後退、もしくは消失するほどの争いにはなっていないと？」

「さ、さすがにそれは……多くの国を巻き込むような世界大戦も過去にはありましたけど、文明が消し飛ぶとか、そこまでの話ではないと思います」

「なるほど……では地図があることによる恩恵は強いと感じましたか？」

「んー地球にいた頃はその環境が当たり前だったので、強く感じたのはこの世界に来てからですね。一目で世界を細かく知れますし、知るだけでなくお金と時間さえあれば直接行くことも、遠い国の物を自宅にいながら買って届けてもらうこともできましたので」

「そう、ですか。そんなことまで……人種の安寧を願って地図をなくしたつもりでしたが、長い目で見れば失敗だったのかもしれませんね……」

そう言って静かに顔を伏せるリステ様と、その横で血の気が引いたように青白い顔をしたアリシア様を見ていると、なんとも居《い》た堪《たま》れない気持ちになってしまう。

やっぱりどこか人間らしいというか、俺の目には不安や失敗を恐れる普通の人にしか見えなくて
――って、そうだよ。

思わず勘違いしそうになってしまったけど、この人達は女神様なんだ。

ならばこんな方法だってきっと試せるはず。

「えっと、たぶんこの世界の文明は地球と比べて１０００年とか、ざっくりですけどそのくらい遅れていると思うんです。なので、どうでしょう？　魔法やスキルといった要素がどう働くかは分かりませんけど、一度地図を戻してみて、そのまま１０００年くらいは通過点だと思って様子を見てみては？　俺に協力できそうなことであればしますので」

「なるほど……先を見据えて、１０００年様子を……たった、１０００年……」

人にとっては物凄く長い年月だけど、女神様達にとってはたかが１０００年だろう。

文明が停滞し続けた年月を考えるなら、ここで一度試してみて、ダメならダメでまた対策を考えた方が意味もありそうな気がする。

先ほどの『長い目で見る』という言葉から思い付きで喋《しゃべ》ってしまったけど、それでも俺を正面から見据えるリステ様の瞳には光が宿っていた。

「ロキ君、ありがとうございます。一度皆と相談した上で地図をどうすべきか、前向きに検討をしてみたいと思います。ただ最後に1点確認を……本当に、協力してもらえるのですか？」

「え？　えーっとまあ、狩りに差し支えない程度であれば、ですけど……」

「……分かりました」

んん⁇

なんか、ちょっと怖いんだけど。

それにリステ様の覚悟が決まったような表情とは対照的に、アリシア様は全然回復してないし。

そんなことを考えているうちに意識は遠のき、気付けば俺は教会にある身体へと戻されていた。

振り返ると殺気立った行列ができていたのは言うまでもない。

第21話　本格的な狩りの開始

翌日。

（女神様達《たち》が何かしらの結論を出すまで、俺は『地図』という言葉を禁句にでもしておけばいいかな……）

早朝からそんなことを考えつつハンターギルドに足を運ぶ。

今日から本格的な狩りの開始だ。

昨夜は教会から逃げるように立ち去った後、地図がないなら狩場の場所を確認せねばと大急ぎでハンターギルドに向かったわけだが、既に日が暮れていたこともあってロビーは換金待ちで長蛇の列。

ベザートとは比較にならないほどの人で賑《にぎ》わっていた。

それでもなんとかその日のうちにと思って列に並び、よく喋《しゃべ》るおばちゃん受付嬢から狩場情報は収集しておいたのだが、依頼だけは朝に確認しないとあまり意味がない。

美味《おい》しい依頼があるのなら、それに合わせて狩場選択を。

そう思ってギルドの正面扉を開けると——

（いやいや、混み過ぎでしょ……しかもちょっと喧嘩《けんか》になってるし）

——そのあまりの混雑っぷりに、俺は後退《あとずさ》りしながらソッと扉を閉めてしまった。

身長180㎝、中には190㎝あろうかという筋肉ムキムキの男達に交ざって、美味しい依頼をゲットできる自信がない。

というより背伸びしても、ジャンプしても、人が多過ぎて依頼内容を確認できるとは思えなかった。

（かなり早めに来たはずなのに、それでもこの混みっぷりとか都会ヤバっ……となると、常時討伐依頼以外は時間の無駄と思って諦めた方がいいか）

自前の籠だってあるのだ。

美味しい依頼があるかも分からない状況で争奪戦を繰り広げるくらいなら、ハンターギルドには寄らずそのまま狩場に直行してしまった方が楽だし、なんなら効率的まである。

もし仮に金銭面で多少の損をしていたとしても、数を狩ることでより多くのスキル経験値は得られるわけだしね。

（よし、そうと決まれば早速移動だ。依頼も関係ないなら、とりあえず近い順に潰していくか）

そう判断し、徒歩で片道1時間弱。

マルタの町から最も近いという《コラド森林》に向かって走り始めた。


そして約20分後。

久しぶりの狩りということもあって調子良く走り続けられたため、思いのほか早くコラド森林に到着した俺は早速狩りを開始した。

（とりあえず【探査】は初見のスネークバイトに合わせつつ、適度に他の魔物へ切り替えるかな？）

他は見慣れたリグスパイダーとスモールウルフだ。

リグスパイダーに糸を吐かれると面倒だが、まずはスネークバイトという蛇が安定して倒せる魔物なのかを判別しておきたい。

そう思って極力人の声が聞こえない方へ移動していくと、体長は約３ｍほど。

頭部だけバランス悪く肥大した、見た目の気持ち悪い蛇が上方の枝に絡みついていた。

身体《からだ》全体が茶色く木の枝に溶け込んでいるので、【探査】や【気配察知】がないと見つけるのがしんどそうな魔物だ。

となると、この手の待ち伏せタイプが何を狙っているのか、なんとなく予想もついてしまう。

試しに今まで使用していた方のショートソードを持ちつつ、【気配察知】を発動させながら素知らぬ顔してスネークバイトの下を通過すれば――

「やっぱりね」

上から狙ったように噛《か》みつこうとするスネークバイトが切断され、頭部だけが地面にボトリと落ちる。

尻尾は枝に絡まったまま胴体部だけがぶら下がっており、なんとも不気味な光景だ。

だがそんなことはお構いなしに、討伐部位である頭をヒョイッと籠の中に放り込んだら、残された胴体を下に引っ張りバラしていく。

（下を通れば勝手に剣が届くところまで下りてきてくれるし、これならスネークバイトは楽勝。だ

がこいつは釣れるタイプじゃない……となると、ここはルルブの森よりだいぶ効率は落ちるか）

ルルブの森であれば、走り回っているだけで勝手にオークとスモールウルフがついてくる。

それこそ魔物のペースに合わせれば、40体でも50体でも、際限なく。

しかしここだとリグスパイダーとスネークバイトが、どちらも気付かずに近寄る獲物をジッと待ち構えているので、わざわざこちらから出向かないと倒されてくれない。

（まぁとりあえずは5体だな。その結果次第で粘るかどうかを決めるとしよう）

やや頭寄りの胴体内部に魔石を発見し、改めて全体を眺めつつ、頭部と魔石のあった場所との距離感を頭に叩《たた》き込む。

皮に需要があるという話だが、今はチマチマと皮剝ぎに時間を費やしたりはしない。

まずはこの魔物がどの程度の密度でいるのかを調査。

探す時間の方が明らかに長いとなれば、その時は移動しながら皮にも手を出そうと決め、【探査】に反応している次なる標的へと向かって駆け出した。

▽　▼　▽　▼　▽

先ほどの解体場も激混みだったし、昨日もこの光景を目の当たりにしているのだから今更驚くことはない。

しかし換金のために並び始めてかれこれ30分くらい。

一番空《す》いている所に並んでもこれなのだから、明日以降は報酬の全てを預け入れるか、もしくは狩場残業してもっと遅くに来ようと強く心に誓う。

それにしても――

計算を待っている間、カウンターに寄りかかって静かに瞳を閉じる。

（結局今日は『Ｎｅｗ』が１つだけだし、明日からボイス湖畔とパル草原のどっち行こうかなぁ……）

そう、狩場変更は明日からだ。

狩場に魅力がなく、最低限の目標は達成した。

《コラド森林》卒業の理由はこれだけで十分だろう。

結局４体目までスネークバイトを倒しても新規スキルは得られず、５体目になってようやく得られたのは【脱皮】という謎スキル。

すぐにステータス画面から詳細を確認するも、【粘糸】と同じく俺には使えない魔物専用スキルであることが判明した。

対応ボーナスも今のところは優先度が低いと感じている魔法防御力だし、スネークバイトが所持している【脱皮】はレベル１だしと……

この時点でレベル３止め、早期撤退が確定したため、今日１日でなんとしてでも終わらせてやろうと【探査】で重点的に狙い撃ちしてきたわけだ。

魔物のスキルレベルが１でも、レベル３にもっていくまでなら討伐数は合計45体。

格下狩場であれば、このくらいの数はなんとでもなる。

「はいお待たせ〜全部で63万4600ビーケよ。一応革袋に入れておくから、余裕がある時にその革袋は返却して頂戴ね」

「あ、ありがとうございます」

昨日もお世話になったおばちゃん受付嬢に声を掛けられ、やはり普通に動けばこんなものかと思いながら革袋の中身を移し替える。

籠を木の上に隠して定点狩りを行い、魔石と討伐部位だけで極力籠を埋めてみたが、属性魔石のないEランク狩場であればこの辺りが限界だ。

「革袋は返却しちゃいますね」

「あら？　パーティの人達と分けるんじゃないの？」

「え？　あー……はは、そこら辺はあとでやりますので」

「そう？　こちらは助かるからいいんだけど」

（さすがにパーティとは思われるけど、金額自体に驚きはなしと。これでBランク狩場の報酬が100万ビーケくらい当たり前って可能性が濃厚になってきたな）

上位狩場になれば、素材の有用性から素材価値が上がるというのは当然の流れだ。

しかしその反面、魔物が強くなれば数をこなせず、結果的にトータル収益が下がるというパターンも考えられる。

マルタに拠点を構えるBランクハンターがパーティでどれほどの収益を上げているのか。

この反応で1つの目星を付けられたと言ってもいい。

……まあ、肝心のハンターやそれらしい素材は未《いま》だ見かけていないけど。

「あの、ちなみに1つ伺いたいことが」

「ん？　なーに？」

「Bランクハンターってそんなに多くないんですかね？　先ほど解体場に行った時、誰も蟻《あり》の素材を抱えている人がいなかったので」

気になっていたことだ。

多くはデカい蟹《かに》や蛙《かえる》を籠に詰めていたので、ボイス湖畔が人気ということはすぐに分かる。

しかしあの混み合っている時間帯で、1人も蟻の素材を持ち込むハンターがいないというのは違和感が強い。

さすがに素材価値がないなんてことはないと思うのだが……

「あらあら、昨日この辺りの狩場情報を聞きに来たと思ったら、もうBランク狩場？　いいパーティは組めているようだけど、さすがにちょっと気が早すぎるんじゃないの？」

「いや〜そうなんですけど、いつかはと思うとやっぱり気になっちゃいまして」

頭を掻《か》きながらそう告げると、おばちゃんは笑いながら、それでも少し考える素振りを見せつつ答えてくれた。

「ここを拠点にしているBランクハンターはそれなりにいるけど、今の時期は人が少ない。これが答えかしら？」

「時期？」

「そう。クイーンアントの出現時期になるとBランクや、中にはAランクのハンターなんかがこの町に戻ってくるのよ。いわゆるレイド戦ってやつね。だからその前後は蟻の素材を持ち込むハンターも多いわ」

「レイド戦……ちなみに、次はいつくらいなんですか？」

「そうねぇ～周期を考えると2ヶ月後くらいかしら」

資料本にも最奥と記載されていたので、クイーンアントがボス的な立ち位置であろうことはなんとなく予想できていたけど、そうか、レイド戦か……

この世界にもレイド戦があるのか！

先ほど報酬額を聞いた時は波打つことのなかった胸の鼓動が、今は急激に高まっていくのを感じる。

「でも《デボアの大穴》は凄《すご》く事故が起きやすいから、その時期以外は他国のBランク狩場に遠征しているという話をよく聞くわ。誰だって死にたくはないもの、しょうがないわよね」

「あー資料本にも書かれていましたね。通常のBランク狩場よりも難易度が高いって」

「そうそう。あ、でもそれを差し引いたって、ここ数年はBランクハンターの数が――」

「おい、後ろがつかえているんだ。いい加減どいてくれや！」

唐突な怒声に肩を跳ね上げながら振り返ると、後ろに並んでいたおっさん達が険しい表情で俺を睨《にら》みつける。

おぉう、やらかした……

ちょっと聞く程度のつもりだったのに、レイド戦なんて言葉まで出てくるものだから、話の切り時を見失ってしまった。

これはどう考えても俺が悪い。

「うわーすみません！　すぐどきますので、失礼しました！」

「お、おほほ！　おばちゃんもちょっと話し過ぎちゃったわね！　ごめんなさい、換金？　なら木板を――」

すぐにカウンターから身を引くも、先ほどまでの会話が頭に残る。

狩る者が少ないか。

ということは――、自然と俺の足は依頼ボードへ。

この時間になっても残る余りモノの依頼に目を向け、すぐに納得する。

（キラーアントの外殻は素材判定『B』以上なら1つ18万ビーケ……レヴィアントの翅《はね》も20体分までなら35万ビーケの買取か）

この額が妥当なのかどうかは置いておくとして。

やはり素材不足にはなっているようで、通常よりも高いのであろう買取依頼が、誰の手にも取られることなくこうしてぶら下がっていた。

どれもBランクなので、今の俺には手が出せない依頼だが……

安定して狩れる者にとっては、金銭的になかなか美味しそうな状態。

そのことを理解したところで別件の用事を思い出し、俺はハンターギルドを後にした。

▽
▼
▽
▼
▽

一度宿に戻り、装備や籠を置いて身を軽くしてから再び外へ出る。

目指すはすぐ近くにある例の宿だ。

これで3日目。

今日は狩りにも出かけたし、そろそろ空き部屋に滑り込めないかと願うも。

「申し訳ありませんが、本日も満室でして……」

「そうですかぁ……」

また、ダメ。

床を見つめ、丁寧に頭を下げてくる老紳士に、しょうがないと思いながらも溜息《ためいき》が漏れる。

本当はもっと早く来られたらいいのだろうけど、俺がもう少し、あともう少しと狩場で粘ってしまうし、帰ってきたら帰ってきたで解体場は激混みだし。

かと言って、さすがに狩場へ向かう前に立ち寄ったんじゃ早過ぎるだろうしなぁ……

踵《きびす》を返し、狩場が遠くなる明日以降はもっと絶望的になりそうだと。

半ば諦めかけていたところで、不思議な会話を耳が拾う。

「む、またあの子供が来ているぞ？」

「ああ、あれが例の場違いか。あの姿だからよほど風呂に入りたくて仕方ないのだろうが……哀れな。金貨袋に石でも詰めて膨らましておる」

「支配人も、あのような物乞いまで相手にしなければならないのだから大変だな。私ならもう衛兵を呼んでいる」

「……」

自分の姿を確認すべく、ソッと視線を下げると、所々に赤黒いシミがある薄汚れた服が目に入る。ベザートでただでさえ安そうな服を、さらに古着で買っているのだから、物乞いと言われても仕方がないくらいにはボロボロ。

それでも鎧《よろい》を着たら目立たなくなるし、ペラペラだから水洗いしてもすぐに乾いて便利くらいに思っていたが……

なるほど、そういうことか。

強さとは関係のない部分でお金と時間をあまり使いたくはないけど、ここはゲームじゃないのだから多少は仕方がない。

（どこかのタイミングでまともな服くらい買わないと駄目か……）

そんなことを思いつつ、しかし狩りの予定をズラしてまで優先することじゃないなとそこは割り切り、じゃがバタでホクホクしながらいつもの宿へと帰還した。


そして翌日。

マルタの北門を出てからしばらくして、先輩ハンターであろう若い男女2人組のパーティを発見。

そのままペースを合わせてストーキングしていると、町を出てから約2時間程度で動きを止める。

周囲に魔物の反応はないが……もう狩場に着いたのだろうか？

ここまで来ておいて実はピクニックでしたとなったら笑えないので、ひとまず声を掛けてみる。

「あの～すみません、ここが《パル草原》という場所ですか？」

「ん？　この先がそうだぞ。坊主は1人か？」

「ええ。昨日まで《コラド森林》というところにいたんですけど、パル草原はどんなものかなと思いまして」

「Eランク狩場で狩れるのに、わざわざこんな場所まで来るなんて物好きねぇ」

「んだな。まぁコラドで狩ってたんなら1人も納得だ。もう少し進めば膝下程度の草と低木しかない場所に着く。そこがパル草原だぜ」

「おお、ありがとうございます！」

良かった良かった、無事狩場の近くには到着していたらしい。

しかし、狩場が草原というのは、森と違って境界がはっきりしていないから地味に厄介だな。

受付嬢のおばちゃんが言っていた通り、町からそこそこ距離はあるし分かりづらいしで、あまり人気がないというのも頷《うなず》ける環境だ。

再び来たくもないので、ここもきっちり今日中に終わらせる――というより、ファンビーの所持スキル次第ではこのまますぐにボイス湖畔へ直行したっていい。

そんなことを考えながら、言われた方角へ進んでいると――

「ん、狩場に入ったかな？」

遠くでモゾモゾと動くゴブリンの姿を発見。

すぐに剣を抜き、避けるように移動していく。

大した金にもならないので、ひとまず他は向かってきたら狩る程度で問題ないだろう。

――【探査】――『ファンビー』

それよりもまずは、所持スキルの判別だ。

そう思って反応を探していると、体長30㎝程度だろうか。

紫と黒の斑《まだら》模様をした蜂っぽい魔物が、いくつかある低木の枝に留まっているのを確認する。

見るからに毒々しい色合い。

耐性があるとは言え、デバフは食らったことがないため少し慎重に駆け寄ると、ファンビーはススーと、ゆっくり飛びながらこちらに向かって移動してくる。

（お、おっそ……）

俺がこの世界に降り立った直後ならまた違った印象を持つんだろうけど、今となってはどうぞ斬ってくださいと言わんばかりに動く的だ。

サクッと腹を貫き、討伐部位の頭、素材の尻尾、魔石と手早く解体。

遠目に発見したもう1匹も同様に捌《さば》いていく中で、ふとホリオさんの言葉が頭を過《よぎ》った。

「暇に感じるほど安全に稼げる状況を喜べるやつか……」

まさに今がその状況だろう。

昨日以上に敵が弱過ぎて、もう既に作業感がハンパじゃない。

そしてこんな状況を退屈に感じ、刺激を求めて高い位置に手を伸ばそうと欲をかいたヤツが早死にすると、ホリオさんはそう言っていた。

ということはだ。

「俺ってば、かなり長生きできるタイプじゃない？」

好きではないし、この手の作業を退屈にも感じるけど、それでも成長が見込めると思えば、俺は延々と同じ作業をし続けられる自信がある。

問題はその作業が今行えるベストなのかどうか。

非効率的で無駄な作業じゃなければ、中身なんざなんだっていいのだ。

そんなことを考えつつ、残り3匹と。

無表情に草原を見渡し、淡々と狩りを続けた——が。

人生何が起きるか分からない。

青天《せいてん》の霹靂《へきれき》とはこのことで、作業と化したファンビー討伐が5匹目に到達した時、それは起きた。


『【飛行】Ｌｖ1を取得しました』

このアナウンスが視界の片隅で流れ始めた時。

俺はすぐにその意味を理解できず、ただ狩場で茫然《ぼうぜん》と立ち尽くしていた。

毒だと思っていたのに、まったく想定していない文字が出てきたことで酷《ひど》く混乱していたのだと思う。

しかし、次第に冷静になるにつれて、ふつふつと実感が湧く。

と同時に、俺の心臓はボスの激レアドロップを得た時くらいに爆速で脈を打ち始めていた。

「う、うぉおおおっ!?」

いやいや、空を飛ぶとか。

誰もが妄想くらいはするだろうけど、本当にそんな機会が訪れるなんて思っちゃいない。

「やっぱ……やべーやべー、いや、やば過ぎるぞこれは……えーと、まずはなんだ……そうだ、まずはどっちなんだ!?」

昨日も使うことすらできないグレー文字のスキルをゲットしたばかりなのだ。

そもそもコレは、使えるタイプのスキルなのか否か。

この結果次第で俺の今後は大きく変わると、生唾を飲み込みながら咄嗟《とっさ》にステータス画面を開く。

しかし——

「ない、ない、ない……え？　その他枠にもないって、どういうこと？」

今までは視線で上からスクロールすれば、人が得られるスキルならスキルツリーのどこかに追加され、人が本来得られない魔物専用スキルであれば、スキルツリーの下に表示されるその他枠に追加されるというのがいつもの流れだった。

現に昨日取得した【脱皮】は、グレーのままその他枠の最下部に名前とスキルレベルだけが載っている。

念のためと、再度ゆっくり上にスクロールさせ、《New》の文字を改めて探すも――

「やっぱりないじゃん……いやいや、どういうことだよこれ。スキルのようでスキルじゃないのか？」

過去に『飛行』という言葉が話に出たことはあった。

確かパルメラ大森林の上空を飛行中に、多くが撃ち落とされたとされる鳥人族。

それにリステ様も、精度の高い地図を鳥人族が作っていたと言っていた。

となると――、種族限定スキルだろうか？

もしそうであれば、種族用の新しいスキルタブでも追加されているんじゃ？

そう思って見直してみるが、それらしいモノは見当たらない。

「……ん？」

だがなぜか、既に取得している【火魔法】や【風魔法】、また、取得はしていないが初期から表示されていた【光魔法】や【闇魔法】などから、グレーの線が伸びていることに気付く。

（こんなの今までなかったよな……あったら絶対に気付いていたはずだ）

となると、この【飛行】スキルを切っ掛けに変化が起きたということ。

思わずその線を辿《たど》ると、【火魔法】【水魔法】【風魔法】【土魔法】【雷魔法】【氷魔法】【闇魔法】【光魔法】という計8種からグレーの線が伸び、1つの未表示スキルのもとへ。

同じように【闇魔法】【光魔法】の計2種からグレーの線が伸び、こちらも別の未表示スキルのもとへ。

さらにこの未表示スキル2種からグレーの線が伸びていることに気付き、俺はここで初めて、スキル欄は上下だけではなく、右側にもスクロールできることを知る。

内心はドキドキだ。

どう考えても右にいくほど取得難易度の高いレアスキルになることは、このスキルツリー構成を見れば一目瞭然だろう。

自然と呼吸が荒くなりながら右にスクロールさせていくと、未表示スキル2種から伸びたグレーの線は、さらに未表示のスキルへと集まり、そこからさらにもう1つ先——

段階で言えば4段階目になって、ようやく《New》のついた、白文字の【飛行】スキルを確認。

「……っしぁあ!!」

思わず狩場のど真ん中で咆《ほ》えながら、拳を強く握りこむ。

現在スキルレベルは1と0%。

これで分かっちゃいたが、ファンビーが所持している【飛行】スキルがレベル1であることも確定だ。

(もう1つ、まったく別方向から伸びている白い線は——そうか、【跳躍】か。つまり【跳躍】とかなり上位の魔法系統スキルの組み合わせで、本来ならやっと【飛行】スキルが取得できるわけだ。

一応その他枠じゃないから人も取得できるんだろうけど、この階層を考えればまず普通じゃ無理だよな……）

　つまり、だ。

　元から飛べる素質を持った鳥人族みたいな一部の種族以外だと、【飛行】スキルを持っているやつなんて俺くらいかもしれないということになる。

「ふふふ……ふはははは!!」

　Fランク狩場だと思って侮っていた。

　蜂という形状や見た目から、てっきり毒に関係するスキルだろうと思っていたのだ。

　それがまさか、飛んでいるから【飛行】なんてパターンでくるとは。

「はぁ～めっちゃ燃えてきたわ……」

　本音を言えば実際に飛べるのか、飛んだらどうなるのかをすぐにでも試してみたい。

　だがそんなことはマルタの帰り路でもできること。

　ならば今は我慢して効率だ。

　まずはファンビーの所持スキルがレベル1と確定した以上、今日中に3まで必ず上げる！

　そして性能如何《いかん》によっては明日もここで狩り倒し、スキルレベルの4を狙う！

　最初の作業感はどこへやら。

　少しだけスキル詳細を確認して内容を暗記した後は、迸《ほとばし》るほどのやる気でパル草原を1人駆け回った。

▽　▼　▽　▼　▽

空が暗くなり始めた頃になって、俺はようやく帰路に就く。

走れば1時間程度。

換金に掛かる時間まで考えると、宿の食事にほぼ絶望的な気もするが、1日粘ればどの程度ファンビーを狩れるのか。

その数値を把握しておきたくて、ついついいつも以上に粘ってしまった。

(今日1日で、ザッと60匹くらいか)

45体以上の最低ノルマはクリアしたので、【飛行】スキルは無事レベル3に到達している。

ちなみに【飛行】のスキル詳細はこの通りだ。

【飛行】　Lv3　浮遊した状態で上空を移動することができる　魔力消費：1分毎《ごと》に7消費

スキルレベル1の時は1分毎の魔力消費が9だった。

このことから、スキルレベルが1上昇する度に魔力消費は1減少。

最終的にスキルレベル10まで到達すれば、魔力消費がなくなるのではないかと踏んでいる。

そしてここからスキルレベル4を狙うかどうか。

狙うにしてもできれば明日中には終わらせたいので、残りのパーセンテージを見ても、あと85匹を1日でなんとかしないといけない。

(早起きすればいけるか？　朝食は諦めることになるが、今日より3時間も早く到着すればまずクリアできそうな気も……)

あくまで想定するのは最悪のパターン。

朝食抜きの早朝出発は、今から実験する【飛行】が上手《うま》くいかなかった場合だ。

逆に【飛行】が上手くいけば、上空を直線で移動することができるわけだし、ジョギングよりもかなり飛行速度が速い可能性だって十分にあり得る。

そうなれば狩場までの時短も可能になってくるだろう。

(さて、まずは燃費の心配より、飛べるかどうかだな)

ふぅ——……

それじゃいってみようか。

——【飛行】——

「……」

(なるほど。何も起きない、と)

だがまだ焦るには早い。

次に最低限予備動作は必要なのかと、軽く地面を蹴りながら発動を試みる。

するとスキルを使用した途端、なんとも言えない浮遊感に包まれた。

が——

「おお？　おおお!?　うぉおおおおっ!?」

浮遊したという感動も束《つか》の間《ま》。

前方へ転がるように視界がぐるりと回り、素材を頭に被《かぶ》りながら地面に倒れ込んでしまう。

「ああ！　今日の戦利品が……」

地面にぶちまけられた素材を見て、思わず口から漏れ出る悲鳴。

それらをセコセコ拾いつつ、2度目のテスト結果を思い返す。

（浮いたは浮いた。だから俺でも使用できることは間違いない。しかし前に倒れるっていうのはどういうことだ？）

籠の中には魔石や討伐部位が入っているのだ。

普通に考えれば、重さのある背中から倒れそうなものだが……うーん。

物は試しと籠と武器を下ろし、今度は鎧だけといったほぼ手ぶらの状態で【飛行】を試す。

すると。

「う……うお……ま、まるで、一輪車を、さらに難しく、したような……って、うごーっ!?」

今度は後頭部から地面に激突。

その後も幾度となく籠の中身をぶちまけながら、町への帰還ついでにいろいろなパターンを試していく。

その中で分かってきたこと。

（ふむふむ。慣れればまた違うかもしれないけど、最初のうちは大きく助走をつけた方がいいな）

これが1つの結論になった。

走りながら【飛行】と唱えると、前方への運動エネルギーが強く残ったまま足が離れる。

すると、ぴよ～ん、と。

走り幅跳びの選手もビックリな空中歩行を繰り広げ、体勢も安定したまま20ｍくらいは先に着地することができたのだ。

時短ができるかどうかは微妙なところだし、そもそも飛んでいるという感じではないが……

それでも今は、この飛べる距離を延ばすことから始めてみよう。

そう思って俺は、ぴよ～ん、ぴよ～んと。

魔力残量を確認しつつ、人がいない場所で謎の動きを繰り返しながらマルタの町へと帰還した。

▽　▼　▽　▼　▽

宿の自室にて。

食事中に回復した魔力を使い、少し助走をつけながらフヨフヨと滞空する。

入り口から奥の壁まで。

帰りのぴょんぴょん修業を含め、魔力は全て【飛行】の練習に注ぎ込んでいるため、最初の頃と比べれば多少は安定するようにもなってきた。

「ぬぉぉ――――……いでっ」

まあ浮くのに少し慣れてきたという程度で、まだ曲がれないし、止まれないけど。

でも飛んだ経験がないのであれば、誰だって最初はこんなものだろう。

幸い着地しても、【飛行】の効果は1分単位で途切れないため、失敗が大きなロスに繋《つな》がることはない。

しかし根本的な練習時間を増やすためには燃費の改善が必要不可欠なわけで。

「明日は朝食抜きでレベル上げ確定だな」

そう判断したところで魔力が尽き、今日はここまでかなと。

椅子に座ってボールペンを片手に手帳を開いた。

「えーと、【飛行】の対応ボーナスは……へ～上位版の魔力か。さすが高難度スキル、【神通】と同じタイプかな？」

良《よ》し悪《あ》しは別として、自身のレベルが上がらないとボーナス能力値の判別が楽で助かる。

明日レベル4に上げれば、たぶん魔力総量が『20』増えるはずなので、練習で常に魔力が枯渇している この状況での底上げは非常に有難い。

そして、と。

瞳を閉じ、ボールペンをカチカチと弄《いじ》りながら、再びステータス画面をじっくりと眺めた。

今日初めてスキルツリーに現れた、『グレー』と『白』のスキル同士を繋ぐ線。

この意味はなんとなく予想できる。

その他枠にある初期に取得した【突進】スキルは白、昨日取得した【脱皮】スキルはグレーということからも、白が『有効』を示していると思っておけば認識がズレることはないはずだ。

【飛行】スキルを取得したことによって有効になったから、取得条件の1つである【跳躍】スキルと、もう1つのよく分からない未表示スキルに白い有効線が入り繋がった。

ここまでは問題ないとして、判断に悩むのは『無効』を示すグレーの線の扱いだ。

（これは――……取得条件となるスキルの種類だけは判別できた、ってことでいいんだよな？）

本来は段階を踏んで得るはずの【飛行】スキルを直接得てしまったため、途中にある未表示スキルが不明のまま取得に繋がるヒントだけ示されている。

たぶんそんな状態なんじゃないかと思うが、内容を纏《まと》めるため、手帳にこのように書き込んでいく。

【火魔法】＋【水魔法】＋【風魔法】＋【土魔法】＋【雷魔法】＋【氷魔法】＋【闇魔法】＋【光魔法】＝【レアスキル『A』】
【闇魔法】＋【光魔法】＝【レアスキル『B』】
【レアスキル『A』】＋【レアスキル『B』】＝【レアスキル『C』】
【レアスキル『C』】＋【跳躍】＝【飛行】

うん、やっぱり未表示スキルよりは〝レアスキル〟と書いた方が雰囲気も出て良いね。

あとはこの中に、何よりも優先して取得したい【空間魔法】が存在するかどうか、だが。

「違う、かなぁ……」

少なからず期待もしていたわけだけど、このように冷静になれる場所で見直すと、可能性はだいぶ低いだろうという結論に達してしまう。

じゃあレアスキルCは【飛行】と何かしらの接点がある可能性は高く、そう考えると自分の中で【空間魔法】と【飛行】がどうにも結びつかないのだ。

【跳躍】と【飛行】が繋がっている時点で、特にレアスキルAとBならあり得るのではと考えるも、スキルツリーの構成的に第2段階という位置づけなら、まず他にも複数のスキル所持者がいそうなもの。

マリーとかいう転生者が、転送物流でこの世界の富を牛耳るなんて状況にはなっていないだろう。

だからヒントを得られた3種のレアスキルに、たぶん【空間魔法】は交ざっていない。

そして――

「レアスキルCが【重力魔法】かな……」

手帳を眺めながら、そんなことを思ってしまう。

重力系の魔法――【重力魔法】は誰から聞いたわけでもないが、まず間違いなくこの世界にあると確信している。

なにせ、俺はリア様との初対面でいきなり地べたを這《は》い蹲《つくば》り、人生で初めての圧殺される感覚に恐怖したからな……

あれが重力に関係する魔法じゃなかったら、じゃあ他に何があるんだって話である。

それに練習を重ねるほど、【飛行】と重力の繋がりが深そうなことも分かってきている。

初めて浮いた時、重心は明らかに後ろにあったはずなのに、俺は後方ではなく前方にひっくり返った。

それに先ほどだって、飛ぶというより宇宙飛行士のようにフワフワした感覚で移動しているし、何より浮いている時は籠の重みを一切感じなかったのだ。

無重力のような状態が一時的に発生していると考えた方がしっくりきてしまう。

「ん～……強者感が凄いし、やっぱり【重力魔法】も欲しいよな～でも基本属性っぽい魔法の全取得くらいは当たり前の世界か……」

ヒントと言ってもスキル同士を繋ぐ一部の線が見えたというだけで、各前提スキルの必要レベルなんてまったく分からない。

それでも、こうして夢を見るのが楽しいわけで。

「ふふ、いつかは全部曝《さら》け出してやりたいよねぇ……」

それはゲーマーとしての性というモノ。

少しずつ開放し、ヒントを得て、その度に心が躍り――寝る前のそんな妄想に心地よさを感じながら、その日の夜も更けていった。

▽　▼　▽　▼　▽

そして2日後。

この日の俺は、朝の8時を過ぎてもまだ町の中にいた。

疲れて狩りをお休みしましたとかそんな話ではなく、その前に優先すべきことがあると思っての行動だ。

本当は昨日のうちになんとかしたかったたが、ノルマ達成のために早朝から晩まで町にいなかったのだからしょうがない。

「すみませーん、もうやってますかー？」

籠を背負い、このまま狩りに行ける状態でお店の戸を開くと、魔法使いみたいなとんがり帽子を被ったじいさんが出迎えてくれる。

相変わらず分かりやすいというか、記憶に残りやすい格好だ。

「ほいほい、もうやっとるよ。見たところハンターのようじゃが、何をお探しかな？」

「えーと、魔力を回復させる薬が欲しくですね。そこの棚に置いてある青いポーションがそうですか？」

「ふむ、そうじゃな。そこの魔力回復ポーションが一般的ではあるが――ホレ、一応こんな薬もある」

そう言って目の前のカウンターに並べてくれたのは、マルタを探索した時から〝色がそれっぽい〟という理由で目を付けていた魔力回復ポーションと、別の棚から出てきたまったく毛色の異なる丸薬だ。

体力回復は赤、魔力回復は青という、なぜか俺の中で常識化しているポーションの色分けがそのままなのは有難いが、瓶詰にされたそこそこデカい丸薬はなんなのだろうか。

疑問が顔に出ていたようで、とんがり帽子のじいさんは説明を続けてくれる。

「まず魔力回復ポーションはこっちが『微小』回復、こっちの少し濃度が濃い方だと『小』回復じゃな。値段はそれぞれ８０００ビーケと2万ビーケじゃ」

（あ……）

そうだった……この世界は魔力も数値化なんてされていない。

だから『微小』やら『小』やらと、感覚で振り分けられているわけか。

まあ値段は問題ないから、とりあえず黙って頷いておくが。

「で、こっちの丸薬はちーとばかし値は張るがの。《デボアの大穴》に出入りするような高ランクの魔導士なんかがよく使う魔力回復薬で、1粒飲めば効能は約半日持続すると言われている。10粒入りで80万ビーケじゃ」

「ほほう……ちなみにその効果はどれほどなんですか？」

「だから半日じゃよ。あとは魔力が回復しやすくなるということくらいしかワシは知らん。でもそれなりに有名な薬じゃ」

いやいやいや……

じいさんのその帽子は見せかけかよ!?

今度は『微小』やら『小』なんて表現すら省いてくるその大雑把さに、思わず頭を抱えそうになってしまう。

　しかもそれで80万ビーケとか。

　そんなアホな商売あるのかよとは思いつつも――

「はぁ……買います」

「む、どれをじゃ？」

「その3種を、とりあえず1個ずつで」

「ほう!?　まさか丸薬にまで手を出すとは、一応説明しておいて良かったわい」

　良いのだ、これで。

　分からなければどの程度の効果があるのか自分で試していくしかないし、効率を金で買えるなら基本は買い。

　そのための朝練だってもう済ませてあるしな。

「買ったんですから、早速飲んじゃってもいいですよね？」

「え？」

　エセ魔導士と化したじいさんの答えも待たずに、50㎖程度の小瓶の中身をグイッと口に含む。

　初めて飲んだポーションはほろ苦いとか、そんな次元の話じゃないほどマズいが。

「……うん、次はこっちも」

　回復量が『小』だという、同じ大きさの魔力ポーションも立て続けに飲み干し、それぞれの効果をまずは把握する。

(どちらも即効性のあるタイプで、魔力回復量は『微小』で30、『小』で70か。2つとも切りのいい数字となると、まず定量回復型かな……)

となると、お世話になるのは最初のうちだけになりそうだけど、それでも今は全力で買いだ。厄介なのはいずれ必ず腹が膨れて飲めなくなるってところだが、それでも水筒代わりに狩場へ持っていけば、狩りをしながらでも【飛行】の練習を進めていけるだろう。

あとは、丸薬がどんな効果なのか。

小指の先ほどある茶色い玉を飲んで少しステータス画面を眺めてみるも、こちらはすぐに魔力量が動くようなことはない。

じいさんの説明では〝魔力が回復しやすくなる〟という話だし、まだ確定とは言えないまでも、【魔力自動回復量増加】と同じパーセンテージで回復量が決まる変動型の可能性が高いと思っておけばよさそうだ。

となると、あと念のために確認しておくべきはこれか。

「ちなみに、飲み過ぎて中毒症状を引き起こすとか、他の薬と併用することで問題が起きるとかってありますか?」

「中毒なんて話は聞いたことないが……薬師や錬金術師でもないワシがそんなこと知るわけないじゃろ」

「ですよねー。じゃあとりあえず魔力回復ポーション『小』をありったけ買いたいので在庫量を教えてください。あと体力回復の丸薬も一応在庫の確認を――」

「ほあっ⁉」

ここら辺も自分自身で試さなければならないとは難儀なものだが、まあたぶん、何かあっても自前の【毒耐性】が頑張ってくれるだろう。

予想以上の大きな買い物をしてしまったせいで、今日からまた行列に並んでの換金地獄。

でも書状を使うかはまだ微妙なところだし、出ていったお金はその分稼ぐしかないかと。

ここから東に徒歩で2時間。

当初は最もスキルに期待が持てると感じていた《ボイス湖畔》へ俺は向かった。

第22話　ボイス湖畔

さすが人気の狩場だな。

出遅れたため無事狩場に着けるか少々不安だったものの、踏み均《なら》された道は広くしっかりしているし、ぴょんぴょん修業をしながらの移動中もハンターらしい人影をチラホラと確認できたため、あっさり目的の狩場に到着することができた。

その点は非常に有難いのだが。

「あー……」

先の方に見え始めた湖と、その湖周辺で動くハンターと思《おぼ》しき人影の多さになんとも言えない声を漏らしてしまう。

湖の奥には山々も見え、思わず深呼吸をしたくなるほど景観としては素晴らしい。

しかし、パッと見ただけでも30組以上のパーティがいるのか？

それくらいのハンター達《たち》が湖を囲うように方々へ散らばり活動していた。

とてもじゃないが、視界に入った魔物を片っ端から狩るような、そんなやり方はあの辺りでできそうもない。

「さて、どうしたものかな……」

自然と足は、人気の少ない林の方へ。

《ボイス湖畔》の生息魔物は2種が水棲《すいせい》、1種は植物だったので、人影もチラホラと見えることだし、たぶんこちらにも1種はいるはずだ。

まずは一番楽しみな所持スキルの判別をすべく狙いの魔物を探していると、暫《しば》くして頭に赤い花を咲かせた不思議な草が、前方で踊るようにウネウネしているのを視界に捉えた。

あれがこの狩場で一番人気のなさそうなホールプラントか。

(確か花が素材になって、蔦《つた》で攻撃してくるようなことが――って、あれ？　蔦がないんだが？)

全長は1．５ｍほど。

自分の背丈くらいある大きな花といった感じで、蔦と表現すべき部位はどこにも見当たらない。

一部分だけ大きく膨らんだ太い茎がクネクネしており、上部に大きめの葉っぱが複数枚。

そして頂上に存在感を示すような真っ赤な花があるだけで、一見するとこの植物がどうやって攻撃してくるのかも謎だ。

なので、一応今まで使っていた方のショートソードを握り締めながら、ゆっくり近づいていくと――

「うおっ！　蔦というより根っこか！」

急に地面から現れた根っこが足に巻き付き引き寄せようとしてくるので、咄嗟《とっさ》に腰を落として重心を下げげつつ踏ん張る。

「ギョ……ギャ……」

……なるほど、本来はこの根っこを絡ませて自分のところに引っ張り、花の中心部にある気色悪い口で捕食するわけか。

だが、どう考えてもホールプラントの方が力負けしており、俺の身体《からだ》はピクりとも動かない。

根には薔薇《ばら》のような棘《とげ》が見えるので、毒持ちだったらどうしようと少し心配するくらいである。

スパッ――

不意を突かれたところでどうということはないことが分かったので、とっとと絡まった根を斬り、そのまま間髪容《い》れずに頂上の花を切り落とす。

やはりここはEランク狩場。

レベルを十分に上げたので、今となってはもう弱く感じるけど……

切り取った花を持ちながら、ふいに意識が先ほど根っこの飛び出てきた場所へ向く。

「大体10mくらいか……まさかな」

口ではまさかと言いつつも、期待せずにはいられない。

一度ステータス画面を開いて、とあるスキルのパーセンテージを把握した俺は、

――【探査】――『ホールプラント』

混み合っている湖周辺には近寄らず、そのままホールプラントに狙いを定めた。

▽　▼　▽　▼　▽

「ふははー！　乱獲じゃー!!」

想像以上に萎《しお》れるのが早いため、花の素材判定が低くなりやすいことも影響しているのか。

なぜか空《す》いているホールプラントの生息域を、少しずつ慣れてきた超低空飛行を交えながら縦横無尽に走り回る。

今いる場所がどの辺りかなんて気にしてはいられない。

いざとなれば、湖の先に見えた山と逆方向に向かえばマルタの町に帰還できるのだから、今はより人のいない場所を求め、一体でも多くのホールプラントを斬り飛ばす。

狙いの有用スキルを伸ばすために。

『【気配察知】Lv4を取得しました』

「キタキターッ！」

不思議だったのだ。

花に口は存在していたが、目は見当たらなかった。

なのにどうやって俺の場所をピンポイントで察知したのだ、と。

それにおおよそ10mという距離。

これは俺が一度経験している【気配察知】レベル2の範囲と同じだ。

だから、もしやと思った。

そして2体目を倒した時、すぐに【気配察知】の数値を確認して心が躍った。

こいつ――間違いなく【気配察知】のレベル2を持ってやがる、と。

そこからはもう一心不乱だ。

この有用スキルはどこでも使える。

それこそ狩りの場面だけでなく、町の中や人を相手にしての〝警戒〟という意味でも。

「狩って、狩って、狩りまくって――って、あれ？　蟹《かに》も蛙《かえる》も普通にいるし」

気付けば湖周辺にいたハンター達の姿は、遥《はる》か彼方《かなた》で点のように小さくなっていた。

山の位置を考えると……ああ、夢中で移動を繰り返していたら、どうやら俺がかなり奥の方まで入ってきてしまったらしい。

腕時計が示す時間はもう15時を回っており、そろそろ戻らないと日が暮れる前に町へ帰還できなくなりそうだが……

「まあ、いいか」

いざとなれば【夜目】もあるのだ。

誰もいない今がチャンスとばかりに湖へ近づき、近くにいた1匹のマッドクラブに狙いを定める。

とりあえず斬っとけとばかりに振り下ろした剣の一撃。

しかし。

――ガキンッ！

「い、って……！」

手にピリピリと痺《しび》れを伴うほどの衝撃が走り、思わず剣を手放しながら飛び退《の》く。

なんだ、何が起きた？

何かの攻撃を食らったわけではないはずだ。

ただ剣を振り下ろす間際、動かなくなったマッドクラブが一瞬光った気がする。

いくら甲羅に相応の硬さがあろうと、さすがに石や金属をぶっ叩《たた》いたような感触になるほどEランク魔物の防御力が高いわけもないし、まず間違いなくあの光が原因だと思うが……

咄嗟に実戦では初使用となるサブ武器を握り、先ほどの剣が食い込み明らかに弱った様子のマッドクラブへ慎重に近づく。

特別何かをしてくることはなく、大きなハサミを振り回して俺の足を挟もうとする程度。

ならば――軽く剣を振ると、やはりだ。

一瞬、マッドクラブの全身が淡く光るので、確かめる意味でも素手で軽く殴り、その硬さを把握してから光が消失した直後にも再び殴る。

パキッ……

すると、甲羅に亀裂が。

これではっきりと何が起きていたのかを理解した。

「なるほど。強くはないけど、ちと面倒だな……」

一時的な防御力の上昇、やっていることはそれだろう。

ダメージを与えるにはタイミングをズラすか、もしくは貫通するほどの威力で攻撃を加えるか。

そう考えると、今更ながら入り口の周辺にいたハンター達は、槌《つち》系統の武器を多く握っていたような気がする。

残念ながら俺にはその手の武器がないし、剣でやっていてはすぐに壊しそうなので、前者しか取れる選択肢がないけど……

足元に転がる小石を拾い、近寄りながら全力で投げつける。

すると予想通り反応したので、光が途切れたタイミングで斬りつければ終了だ。

一手間があるだけで、倒すこと自体は難しい話じゃない。

そしてもう、俺の頭の中では先ほどの能力がスキルとして得られるのか、得られた場合にどう活用できるか、妄想で顔がにやけてしまいそうだというのに、残りの1種であるアンバーフロッグがまた別の面白いスキルを持っているかもしれないのだ。

少しだけ警戒しながら走り寄ると――

「あは、あはは！」

まさに、期待通りの反応だ。

こちらが望んでいるとも知らず、アンバーフロッグが心なしか得意げに黒い霧を発生させたことで、俺の興奮は最高潮に達する。

さぁ、何が飛んでくる!?

まさか、ここに来て火や風なんてことはないだろう、先ほど湖から出てくる姿を見ているのだから。

当然、その属性は――

「ハイ大当たりー！」

強烈な水鉄砲とでもいうべき水流が飛んできたことで、それが【水魔法】であると確信する。

避けるのは容易だし、食らったところでさほど痛そうには見えないが。

「ギェ……！」

とりあえずぶった斬り、解体しつつ周囲に目を向けると、まだ10匹以上はその姿を確認できる。

となると、素材なんて最後の最後、籠にスペースが余っていた場合の調整用で十分。

討伐部位と魔石を回収したら、すぐ次に向かった方が経験値も金も効率的だろう。

「はぁ、まいったな……これじゃ今日も寝不足になっちゃうよ……」

そんなことを言っている自分の顔が、間違いなくやけているであろうことを自覚しつつ。

【飛行】中は重さを感じないという特性を活《い》かしながら、さらに奥へ奥へと移動狩りを開始した。

▽　▼　▽　▼　▽

湖の反対側は山ばかりで町もなさそうだし、そちらから狩場に入るルートはきっとないんだろうな。

かと言って、マルタの町から道なりにボイス湖畔へ向かえば、そこから5時間近く移動狩りを続けても反対側へは辿《たど》り着けなかったのだ。

この世界のハンター達は経験値ではなく換金素材を求めて狩場に足を運ぶので、籠が埋まればその時点で帰還しちゃうわけだし、わざわざそこまでの時間をかけて奥地を目指す物好きはいない。

お陰で奥に向かえば向かうほど魔物の密度が増す、魔物にとっても俺にとっても楽園《パラダイス》のような環境が出来上がっていた。

まさに独占狩場、狩り放題である。

結果――、ふふふ。

今日は様子見程度のつもりだったのに、籠の中身も、それにスキルだってそれなりの数を得られたはずだ。

それに途中からは効率に影響しないと判断して、どこまでスキルが伸びたのか、戦果の確認もずっと我慢していた。

一部のゲーマーくらいにしか共感は得られないだろうけど、溜《た》めてから一気に確認するこの瞬間も堪《たま》らない。

軽く周囲を見渡し、問題ないことを確認してからソッと瞳を閉じる。

（『Ｎｅｗ』の数は全部で６種か……上がり幅を見ても、これでホールプラントの所持スキルが【気配察知】Ｌｖ２と【光合成】Ｌｖ２、マッドクラブの所持スキルが【物理防御力上昇】Ｌｖ２と【硬質化】Ｌｖ１、そしてアンバーフロッグの所持スキルが【水魔法】Ｌｖ１と【跳躍】Ｌｖ１で確定だな）

【気配察知】以外は未取得スキルだし、その【気配察知】だって上げられるだけ上げておきたい有用スキルだ。

俺自身のレベルはまったく上がりそうもないが、【脱皮】しか収穫がなかったコラド森林と違い、ボイス湖畔はスキルが大当たりな狩場だと改めて感じる。

しかもその他枠に入った【光合成】【硬質化】【物理防御力上昇】は、魔物専用でありながらも使用可能を示す白文字表記だった。

それぞれ説明文を確認すると、【光合成】は太陽の光を浴びれば自然治癒力と魔力回復量が微増と書かれており、日中と制限は付くものの、基本狩りをするのは明るいうちなので、微増だろうとあれば嬉《うれ》しいスキルであることは間違いない。

おまけに【光合成】は魔物専用スキルの中で初となるパッシブ系。

常時魔力消費無しでこのスキルが動いてくれてるので、なぜ葉っぱがない俺でも使えるかは死ぬまで謎のままだろうけど、このような開けた場所で狩り続ける限りはずっと俺の力になってくれるだろう。

難点はBランク狩場である蟻《あり》の巣――《デボアの大穴》のように、洞窟内部では効力を発揮しなそうな気もするが……

まぁそれはそれ、これはこれだ。

あるだけ有難いのだから、光の入り込まないような狩場ならしょうがないと割り切るしかない。

そして【硬質化】はマッドクラブにしてやられたあの光る防御スキルだな。

詳細説明はこのようになっていた。

【硬質化】Ｌｖ３　一時的に身体を硬質化させ、効果時間内は防御力が８倍になる　効果時間１秒間　魔力消費９

ちなみにスキルレベル1の時は防御力数値が6倍に、その代わり魔力消費が5で済んでいた。

このことからレベルが上がれば魔力消費の増加と共に倍率が上昇。

上手《うま》くいけば【棒術】スキルのように、硬化している時間も幾分延びるのではないかと思っている。

効果時間から超が付くほどの緊急用スキルになるだろうが、このスキルのポイントは本来魔物専用という点だろう。

つまり人は取得できないわけだから、もしどこぞの極悪人に絡まれたとしても、相手にとっては未知であるこのスキルを使用することによって窮地を脱せられる可能性もありそうだ。

もちろんBランク狩場なんかでも使えば有用かもしれない。

あとは同じマッドクラブが所持していた【物理防御力上昇】スキル、これは文字通りだな。

最初取得した時は人間用と勘違いしていたが、どうやらこれもその他枠にあることから魔物専用スキルということが分かった。

そして詳細説明を最初見た時、俺は思わずその内容の凄《すご》さに固まってしまった。

【物理防御力上昇】Ｌｖ３　防御力が９％上昇する　常時発動型　魔力消費０

【光合成】と同じく、何も気にせず使えるパッシブ系、おまけに数値が割合上昇ときたもんだ。

もうこれは最高過ぎるスキルだろう。

レベルが上がる毎《ごと》に3%ずつの上昇だったので、今は大した実感も湧かないが、後々になってかなり大きな影響を及ぼすスキルになることは間違いない。

人間用に設定されている防御上昇スキル【金剛】は、固定数値上昇型で1レベルの上昇が防御力5増加。

もちろんないよりはあった方が良いのは分かっているけど、これが追々防御力値1000にでもなろうものなら、【物理防御力上昇】はレベル1の上昇だけでも30の防御力数値上昇になるわけだから、比較にすらなっていないというのが正直なところだ。

レベル10までもっていけるかは別として、最終的には防御力数値が30%も上昇する可能性を秘めているので、このままいけば俺は将来鉄のようにカッチカチになってしまうかもしれない。

おまけにこんなスキルが出てきた以上、他にも筋力や素早さなどを上昇させる魔物専用パッシブ系スキルがあるのではないかと思うと、今からワクワクが止まらなくなってしまうな。

あっ、いけないいけない。

狩りのお供として重宝する念願のスキルも取得したんだった。

やったぜ、【水魔法】！　これでもう水筒いらず！

当初はこいつを期待していたのに、他のスキルが想像以上に優秀で忘れかけていた。

魔力消費1で『水球を作れ』と呟《つぶや》くと、目の前にコップ一杯分程度の真水が生成されるので、魔力をバカ食いすることもないし、日常でかなり役立つスキルということがすぐに分かる。

半面、攻撃用として使うにはいまいち使いどころが分からないのと、生成された水が常温というのが少し気になるところだ。

まぁ攻撃系は【火魔法】【風魔法】が、防御系は【土魔法】が有用だと感じているので、とりあえず【水魔法】は水筒代わりに使っておけば問題ないのかなと思っている。

あ、おまけで取得した【跳躍】スキルは、もう【飛行】を取れているので使う場面があまりなさそうです。

ボーナス能力値が筋力だったので、そこだけは有難く活用させてもらおうと思います。

ここで【光合成】は最低でもスキルレベル4。

その他のスキルも一通りレベル4の到達を最低目標にしておけば、討伐数は無難なところで収まるので2~3日もあればクリアできる。

そこからさらに上を目指すかは、またその時に考えればいいだろう。

しかし……素材やスキルの戦果はいいとして、今日ひたすら狩りながら練習していた【飛行】はどうしたものか。

残り少なくなってきた魔力ポーションをグビッと飲みつつ、暫《しば》し思考に耽《ふけ》る。

空を飛ぶとなると、一番の見本になるのはやっぱり鳥で、今も木を掠《かす》めるように飛ぶ俺に驚き、鳥がすぐ近くを羽ばたいていくが、現状まったくあのような動きは真似《まね》できていない。

手を羽のように広げてバランスを取ることで、精々落ちても痛い程度で済む高さを、それなりの時間滞空できるようになっただけ。

加速や急な方向転換、それに飛行の停止は、木や地面を蹴ったり【風魔法】を放って速度を相殺させるなど、強引に別の動きを挟むことでしか実現できていなかった。

こんなの、どう考えたって本来あるべき【飛行】の姿とは違うだろう。

「羽のない俺が、空中で望むがままに動きを制御するにはどうしたら……」

【飛行】というスキルが基になっているので、そもそもこの考え方が贅沢《ぜいたく》で間違っているのかもしれないけど。

それでもまだ、何か大きな見落としをしているような気がしつつ、暗闇の中でぼんやりと光が灯《とも》るマルタの町に帰還した。

▽　▼　▽　▼　▽

そして、その日の夜。

――【神通】――

いつものスキルを使うと、今日は弾むように明るい声が頭に響く。

「やっほー！　フェリンだよ、よろしくね！」

「やっほ～相変わらずお元気そうで、よろしくお願いします」

「だからロキ君！　もっとくだけた感じでいいんだって！」

「え、いや、さすがにそれは――」

「でねでね、今日は移動の手段が知りたいかな！　地球だとどんなのがあったの？」

時間が限られているため慌ただしく続く言葉と、投げかけられる疑問。

これも、いつもの流れ。

女神様達は特に地球の機械や電化製品の話が好きみたいで、毎度〝お題〟を出されては、俺が思いつく内容を軽く解説するというのが、ここ1ヶ月近く続く日課になっていた。

ちなみに一昨日はフィーリル様から暖かくなれるモノと問われて迷わず『コタツ』を。

昨日はリガル様にこの世界にはない武器を問われ、俺はたぶんないだろうということで『銃』の存在を簡単に解説していた。

最初はなぜ俺が答える側にいるんだと首を捻《ひね》るしかなかったこのやり取りも、連日効率を求めて狩りをしている中で生まれた2分間の息抜きとして、次第に自分の中で定着してしまったような気もする。

それにまぁ、使用回数制限のあるスキル経験値はやっぱり稼いでおきたいし、大したことのない説明に子供のような分かりやすい反応を示してくれると、こちらもそう悪い気はしないしね。

「ん～移動手段っていうと、やっぱり一番は車ですかね」

「へ～それってどんなのどんなの!?」

「車輪がついて前後に動くので、この世界に出回っている馬車の強化版ですよ。機械なので馬の代わりに燃料を入れると、少しの操作で人を乗せたまま動くんです。馬車の20倍とか、そのくらいの速度で」

「すんごっ！　それじゃ別の国に行くのなんてあっという間だ！　人もいっぱい乗れるの？」

「いや、車は各家庭用という感じで、人を多く運ぶなら電車とか船でしょうし、速さを求めるなら飛行機でしょうし――」

この時、説明しながら宿の自室で停止飛行《ホバリング》の練習をしていたこともあって、飛行機に物凄い興味を示したフェリン様にも一応報告しておいた方がいいのかなと。

話の腰を折らない程度にさりげなく伝えたつもりだったが。

「あーそういえば、昨日くらいから俺も少しだけ空を飛べるようになりました」

「え？」

「ん……？」

「は？」

「なに？」

頭の中で同時に複数の反応が響いたことで、やっぱり他の女神様達もちゃっかり会話を聞いていたんだなっていうのと、それに少しばかり危惧していた通りで、軽く流してもらえるような内容ではないことをすぐに悟った。

まぁその可能性があると思ったから伝えたわけだし、悪いことをしたわけでもないので、こちらとしては開き直るしかないが。

「空を飛ぶ人種なんて、翼を持つ種族以外に聞いたことないけど……」

「【飛行】を持つ魔物を倒したら得られたんですよね。ただここ2日くらい練習してもまともに飛べないんで、逆にスキルをなんでも持っていそうな皆さんに飛び方を教えてほしいくらいです」

「「「……」」」

【神通】の使用中にしてはかなり珍しい、長い長い沈黙。

あわよくばと思ったが、この無言の返答がきっと答えなのだろう。

考えてみれば女神様達にも羽なんてないし、そもそも神界で空を飛ぶ理由すらないだろうからな。

となると、どうにも自力解決が図れない場合は、鳥人族とやらをどこかで見つけるのが一番の近道か。

そんなことを考えていると、再びフェリン様の声が頭に響く。

しかし先ほどとは違って、もうさほどテンションは高くなかった。

「あ、ロキ君。リステからで、地図の件で伝えたいことがあるから、もう一度こっちに来られないかって」

「え？　それは構いませんけど……今スキル収集がいいところなので、一区切りついた後でも大丈夫ですか？」

「……うん、ロキ君の都合に合わせるってさ。ごめんね？　忙し――…………」

うーん、地図の復活を検討すると言っていたのだから、十中八九はその件だろう。

けど、なぜもう一度神界に？

それに【飛行】の取得を明かしたこのタイミングで……

「いやいや、まさかな」

脳裏を過《よぎ》った最悪の予想に思わず首を振り、俺は忘れるように停止飛行の練習を続けた。

▽　▼　▽　▼　▽

《ボイス湖畔》に通って5日目の昼過ぎ。

『【気配察知】Lv5を取得しました』

目標にしていたスキルがレベル上昇したことで、準備もあるし一旦ここで一区切りかと大きく息を吐いた。

当初考えていた全種スキルレベル4の目標をクリアしたのが2日前。

そこから中途半端に経験値の伸びていた【気配察知】が気になってしまい、あれば心強いしどうせならレベル5まで上げちゃうか～とその場の勢いで決断してから、この2日間はほぼホールプラントしか狩っていない。

「スキルレベル2所持の魔物でレベル5狙いは、やるとしたって本当に重要なスキルだけだな……」

そんなことを誰もいない狩場で1人呟きながら、フラフラと湖の方へ足を運ぶ。

今日は腹も減ったし、贅沢に両方いっちゃおうか。

《ルブの森》で仙人生活をしてからというもの、昼飯は腹が減ったら狩場で現地調達が当たり前になっていたけど、ここ《ボイス湖畔》の素材は格別だ。

【火魔法】で火を起こし、【土魔法】で生み出した石のまな板を用意し、狩ってきたアンバーフロッグとマッドクラブをバラしていく。

料理の知識なんてないのだから、素材をそのままに。

アンバーフロッグは皮を剥いで内臓を取り、適当にぶった切ったら塩を振って火にかけるだけ。

その間にマッドクラブを半分にかち割り、片方は火に炙《あぶ》って焼きガニに。

もう半分はそのまま生でいただく。

――【探査】――『寄生虫』

「うん、合格」

一応、毎回確認するも、よく喋《しゃべ》るおばちゃん受付嬢が教えてくれた通りで、一度も引っかかることがない。

マルタの周辺に限らず、魔物に寄生虫は寄りつかないというこの世界の常識はどうやら本当らしい。

そのくせ、今までの人生で食べたどの蟹よりも濃厚で食べ応えがあり、それでいて甘くトロけるのだから、連日食べてもまったく飽きることはなかった。

同じEランク狩場なのに、わざわざ近場のコラド森林ではなく、ボイス湖畔まで通うハンターが多いというのも頷《うなず》けるお味だ。

そして脂滴るアンバーフロッグはというと、これはもう巨大なぼんじりだな。

ぷりっぷりしていて、噛《かぶ》り付く度に口の中で脂と旨《うま》みが広がるので、蛙か～と警戒していたのがアホらしくなるほど病みつきになる。

「ほんと魔物って美味《おい》しいなー……」

焼きガニを指でホジホジしながら、こうしていつも食事の時間は湖畔を広く眺めているわけだけど、未《いま》だ黄金蛙の姿は見かけていない。

所持スキルは当然として、さらに美味しいと噂《うわさ》のその味にも興味があるけど、出現条件に関係するような情報が一切拾えないとなるとお手上げだ。

かと言って、ここで出会えるまで狩るほど暇でもない。

少なくとも今後を見据え、【物理防御力上昇】だけはここでレベル5を目指す予定だが、それ以降は他の狩場巡りを優先し、ボイス湖畔でしか黄金蛙が生息していないと判明した場合のみ、再びここで粘った方がだいぶ無駄も省けるだろう。

おばちゃん受付嬢に聞いても、周期や持ち込むハンターはばらばらだというのだから、レア魔物の情報を摑《つか》んで一部が独占しているわけではなさそうだしね。

「うし、混む前に終わらせたいし、そろそろ帰るか」

予定通り、今日はこれから教会経由の神界だ。

少し嫌な予感がするからこそ、早くこの問題は解決させて次の準備に入りたい。

俺は火を消し、祈るような気持ちで一度を上空を見上げてから空を駆けた。

第23話　2つ目、そして――

町の南西に存在するマルタ第三教会。

ここにはアリシア様とリア様の神像が設置されおり、アリシア様の方はポツポツと並ぶ人の姿も確認できるが、リア様の方はまったく人がおらずガランとしていた。

罪の女神であるリア様を求めて祈りを捧《ささ》げる者は罪人、もしくは罪の意識に苛《さいな》まれている者であり、懺悔《ざんげ》を目的にしているため立ち寄る者が少ない。

その代わり1人1人の祈る時間が長く、俺が神界に用がある時は一番都合が良いはずだと。

昨日教えてくれたアリシア様のアドバイスは確かにその通りなのかもしれないけど、言い換えれば俺が周囲から懺悔したい罪人に見られるということなのでは？

あれやこれやと考えながら神像の前で静かに祈ると、来ることが分かっていたからだろう。

すぐに俺を呼ぶリステ様の声が聞こえた。

「ロキ君、度々になってしまい本当にすみません」

「いえ……」

瞳を開けると、今回はリステ様とアリシア様だけでなく、リア様も静かにこちらを見つめていた。

となると、その理由を考えてしまうもので。

当初からあった不安が別の形で広がっていると、俺の思考を読んだのか、可愛《かわい》らしく鼻を鳴らしたリア様が真っ先にその理由を教えてくれた。

「ロキが私達《たち》を甘く見ているようだったから来た」

「え？」

いや、何を言っているんだこの人は？

そんなことあるわけがない。

だからこうして呼ばれれば来ているわけだし、ほぼ毎日【神通】を通して会話をしていようと、ちゃんと一線は引いていたはずだ。

それとも、フェリン様やフィーリル様の求めに応じて、少し言葉を崩したのが良くなかった……

んん⁇

リア様を見つめていた俺の視線は、次第に上へ上へとズレていく。

当然、リア様が急に大きくなったなんてことはなく。

「浮いてる……？」

そう、リア様の足は地面から離れ、ゆっくりと浮上していた。

と思ったら……なんなの、これ……？

リア様の背中から突然霧のような、二対の幻想的な羽が生まれ、羽ばたくと同時に見事なまでの空中飛行を目の前で見せつけられる。

「確かに、私達がここで空を飛ぶ理由なんてない。けど、少し練習したら、すぐできた」

「あ……」

この言葉でようやく先ほどの意味を理解する。

そうか、俺が【飛行】を得たと報告したあの時、そのやり取りの中で〝女神様達も飛べない〟と勝手に結論付けていた。

言葉にはしていないけど、【神通】の時もなぜか俺の思考はだだ漏れになるからな……

練習したというのだから、あながち間違いではなかったにしても、あれから僅か数日。

俺はほとんど進歩がないというのに、もうここまで自由に空を舞うことができるのか。

それに、背から生える、その青紫の羽はなんなんだ？

感動や羨望と同時に湧き上がったのは興奮。

【飛行】の可能性をまざまざと見せつけられ、胸の鼓動が急激に高まる。

「どうやってるか、知りたい？」

「も、もちろんです！　自分だけじゃどうしても解決の糸口を見つけられなくて……」

「じゃあ、いいよ。地球のこと、教えてくれるから」


それから時間にすれば数分程度だが、コツ――というよりは俺に大きく欠けている要素を教えてもらった。

「そう、実際にするわけじゃない。けど、加速も減速も、魔力を放出する、そんなイメージ」

「う……むずっ……」

結局俺は地球の知識に引っ張られ、ずっと勘違いしていたのだ。

俺は物理的な原理で飛んでいるのではなく、【飛行】というスキルであり魔法で飛んでいた。

だから鳥のように推進力や揚力を考え、何をすれば羽のない俺でも、空中で行動制御できるだけの力を生み出せるのかと、そんなことばかり考えていたが、結局は【火魔法】や【土魔法】と同じ、イメージなのだ。

「ロキ君の場合、まずは魔力の具現化から始めた方が早いでしょう」

横で見ていたアリシア様とリステ様も、気付けば宙に浮いていた。

そしてリステ様の手が、見ていて鳥肌が立つほど濃密な青紫の魔力で覆われていく。

これは魔力を消費する一歩手前の現象で、ここから放出という工程に入れば【無属性魔法】、身体《からだ》や武器に纏《まと》わせれば【魔力纏《てん》術】など、いくつかのスキルに繋《つな》がっていくらしい。

「俺が次に学ぶべきは、これですね……」

教わってすぐにできるような甘いモノではなかったけど、でも進むべき道は見えた。

このことに1人やる気を滾《たぎ》らせていると、ふいにリア様が言葉を発する。

「1つ、聞いていい？」

「え？　なんですか？」

「私達が呼んだ異世界人が、世界で戦争起こして暴れてるの？」

「…………え？」

驚きから言葉が詰まって上手《うま》く出てこない。

なぜ、リア様が知っている？

自分の目で確認してから、いずれ報告しようと思っていたのに……

「こないだここに来た時、頭の中で思ったでしょ？　アリシアがそれを確認した」

「……」

咄嗟《とっさ》にアリシア様へ視線を向けると、小さくゆっくりと頷《うなず》く。

なるほど……あの時顔が青ざめていたのは、地図を失《な》くしたことによる悪影響にではなく、異世界人が好き放題暴れている可能性を知ってしまったからだったのか。

ふぅ——……

どうせ読まれるんだ。

無駄に思考したってしょうがないわな。

「俺が懇意にしているハンターギルドのマスターから、その情報を得たのは事実です。ただ真実かどうかは分からないですから、いずれ自分の目で確認してから報告をと、そう思っていました」

「……真実でしょ。ここ最近、人口の減少がかなり速いって、フィーリルが言ってたから」

「ええ。あれから私達も気になって、各方面の情報を探ったのです」

「結果、特に西側は商人の記憶から、広く異世界人が起こしている戦争は認知されています」

「そうでしたか」

特別驚きはない。

動機がはっきりしていたので、９割くらいは調子に乗って暴れているヤツがいてもおかしくないとは思っていた。

だから今気になるのは、その事実を知り、こうして確認まで取ってきたリア様がどう動くのか。もし【神罰】を落とすとなったら——止めやしないけど、ほんの少しだけ同情してしまう。

そんな考えを読んでいたのか。

「まだリアが【神罰】を落とすような段階ではありません。世界の崩壊、多くの種が存続を危ぶまれるほどの事態ではありませんから」

ズイッと一歩前に出たアリシア様は、神妙な面持ちのまま言葉を続ける。

「そして、この件も踏まえて、ロキ君に打診された地図の件、その協議の結果をお伝えしますきたか。

なんとなく、答えの予想はできていた。

それでもこの雰囲気と、それに個人的な心配事からゴクリと唾を飲む。

「皆と相談した結果、この世界に地図の存在を戻すことにしました。1000年後への期待——というのももちろん大きいですが、争いを減らすため地図を消したというのに、こうしてまた別の要因で争いが激化してきている……ならば敢《あ》えて地図を消したままにしておく利点は薄いだろうと、そう判断したためです」

「な、なるほど」

この状況で地図を投入することにより、より争いに拍車を掛ける恐れだってある。

女神様達にとっても賭け——だからこそその覚悟をアリシア様からヒシヒシと感じる。

……ただ、問題はどう戻すのか。

「一応確認ですが、かつて掛けた魔法を解除したら元通りになるんですか？」

「いえ、一度消したモノは元に戻りません。フェルザ様が掛けた魔法ですから、どういう原理で発動させたのかも分かりませんし、私達ではそもそも解除ができないのです。なので再度広めるということになります」

やはりだ。

「つまり、誰か一度、地図を作る必要があると？」

「その通りです。解除できない以上、この世界に生まれた人種は変わらず俯瞰《ふかん》した世界を描き記すという発想を持っていませんから、まずは誰かが作った地図を見せて広めていくしか方法がありません」

危惧していたことが、今こうして現実になろうとしている。

「そしてその役目を、【飛行】も取得されたロキ君に――」

「ちょっと待ってください！」

だから思わずその言葉を遮った。

さすがにこれだけは、黙って受け入れることなどできない。

「確かに協力するとは言いましたし、俺に手伝えることがあるならするつもりです。でも、さすがにそれは、荷が重過ぎます……地図がどんなものなのか、作るのにどれほどの技量がいるのかだって想像くらいはできますし、何より気が遠くなるほどの時間が掛かる……俺は強くなりたいという願望を捨ててまで地図作りに従事したくはありません！」

頼むから、俺の楽しみを。

生きがいを奪わないでくれ。

手は自然と頭を抱え、再び女神様相手に抗《あらが》ってしまった恐怖と、それでもこの願いを受け入れることは俺にとって死ぬのと同義で。

何があろうと認めることなどできないという頑《かたく》なな思いがせめぎ合い、自然と呼吸は荒くなる。

――と、ふいに背中をゆっくりと撫《な》でられる感触がした。

視線を上げると、横にいたのはリステ様だった。

「安心してください。狩りを優先したいという思いは初めから聞いていたこと。地道な地図の作成などという重しをロキ君に背負わせるつもりはありません。だからこうして足を運んでもらったのです――私がロキ君にスキルを与えるために」

「……え？」

「私の固有最上位加護は〈導者〉。ロキ君の特性上、アリシアの〈神子《みこ》〉同様に加護を与えることはできませんが、導者固有スキルの【地図作成】だけは残るはずですから」

「えっ？　え？」

話の展開が急過ぎて、まったくついていけていない。

「え、っと、俺は今まで通り、狩場に行って、魔物を狩れるんですか？」

「もちろんです。これからもロキ君は世界を旅して、いろいろな魔物の生息域を巡るのでしょう。そのついででこの世界の地図を埋めながら、少しずつでも広めていってもらえればと、私達はそう思っているのです」

　正直この説明だけだと、【地図作成】というスキルの中身はよく分からない。

　ただ、埋めるか……

「あの、スキルはレベル1からになるんですよね？」

「ええ、神界のルールで決まっていることですから、そこからスキルレベルを上げていくかはロキ君にお任せします」

「ちなみに、スキルレベルを上げるとどう内容が変化するかは分かりますか？」

　女神様は取得条件など、途中経過に関することは詳しくない。

　だからこれもダメ元の質問だったが、予想外に答えてくれたのは、横でやり取りを見ていたアリシア様とリア様だった。

「私はレベル5ですけど、多少の拡大縮小ができる程度、あとは地域名称を少し加えることもできるみたいですね。地図の大半が真っ暗なのでまったく使い物になりませんが……」

「私も同じ。初めて見たけど、この所々光ってるのは、何？」

「きっと神像が置かれている場所を示しているのでしょう。その周辺だけであれば、私達の力が及びますから」

「ふーん」

　ということは地図作成とは言葉通りで、オートマッピングでもしながら自分の地図を作り上げるわけか。

地図の穴を埋める作業というのは、なんともゲーマー心を擽《くすぐ》るマニアプレイの1つだ。

個人的には全ての穴を消して、地図をフルコンプさせたいと思ってしまう。

さらに——

「私は皆よりもさらに拡大した内容が見られたりしますね。遥《はる》か昔は木々の葉が風でそよぐ景色も見られたはずですが、皆にスキルを分け与えていたらいつの間にか見られなくなってしまいました」

「え？　それってとんでもないことじゃ……？」

どうやら性能も凄《すご》いらしい。

リステ様の言っていることをそのまま受け止めると、まさかのリアルタイム俯瞰になってしまう。

ある意味地球の衛星画像よりも優れている気がするけど……

ただ、【分体】をこの世界に下したのは、俺が知る限りでは魔物調査をしたというフィーリル様だけのはずだ。

その経験がないリステ様は、どうやって当時その景色を見ることができたんだ？

うーん……分かったようでいまいち繋がらない部分も出てくるな。

「リステ様もアリシア様やリア様と同じで、神像が置かれている場所だけ地図が表示されているんですよね？」

「いえ。私だけは【地図作成】という特殊スキルを任されたこともあって、最初からこの世界の地図が完成されておりました。ただ町や国は後からできたことなので、私もあることが分かるくらいで詳しい名称などは分かりませんが」

「ふむふむ……ってことは、一度マッピングしたエリアは地形変動や新たな人工物の建造とか、リアルタイムで更新されていくってことでいいんですよね？」

「「「（コテッ？）」」」

ぐふっ。

なんでこんな所でダメージを……

しかしリステ様の言葉通りであれば、一度マッピングした場所なら、あとから町ができようが山が消し飛ぼうが、それがそのまま地図に反映されることになってしまう。

そしてスキルレベルの上昇により倍率が上がれば、ピンポイントで特定の場所や人の動きまで分かるということか？

地球じゃ有り得ないことだけど、【飛行】と同じ、【地図作成】だってスキルという一種の魔法のようなものだ。

地球の地図を想像したところで、想定外の要素なんざいくらでも出てくるだろう。

リステ様が既に世界図を把握しているのなら、分かる範囲の町の配置なんかを聞いて書き写せば旅は円滑に進みそうなもんだが——

いやいや、いくら効率的とは言え、さすがにそれは邪道だよな、やっぱり。

せっかく世界の発展を願って、リステ様が俺にこのスキルを託そうとしてくれているのだ。

ならば俺はマッピングをしながら、移動先で自ら情報収集しつつ次の目的地を探していくのが本筋ってもんだろう。

その方が俺の大好きなＲＰＧっぽいしね。

となると――うん、まずは謝罪だな。

「先ほどは早とちりしてしまってすみませんでした」

「大丈夫ですよ。ロキ君の願いは分かっていますから。それで……このスキル、受け取ってくれますか？」

「もちろんです。マッピングして埋めていく作業なら個人的に好きなことなので、かなり頑張れると思います」

「ふふっ、さすがロキ君です。暫《しばら》く【神通】でのやり取りもできなくなりますが、陰ながら応援していますよ」

「ロキ君、もしかしたら地図の存在が、激化し始めた争いを助長させてしまうかもしれません。でも決してそのことで悩んだり悔やんだりはしないでください。それでも、１０００年後を見据えて――これは私達女神が決断したことなのですから」

「うん、頑張って」

そしてリステ様は、アリシア様とリア様が見守る中、俺の頭上に手をかざす。

「それでは、いきます」

その言葉から一拍後――

『【地図作成】Ｌｖ１を取得しました』

こうして俺は、予想外の流れから２つ目の最上位加護スキルだけを取得した。

▽　▼　▽　▼　▽

相当長く祈っていたのかな。

アリシア様目当てで並んでいた人達や、一部のシスターからも怪訝《けげん》な表情を向けられるが、もはやそんなことはどうでもいい。

まずはどんなものかと、詳細説明を確認しつつも先ほどリステ様に託された【地図作成】スキルを使用してみる。

すると。

（やっぱりマッピングね。オッケーオッケー）

画面のほぼ全てが真っ暗な中、現在地を示すように中心部が明るく光っていた。

町の中心部に向かってちょっと歩いたくらいじゃ何も変化は起きないが、ここから動けば動くほどこの暗闇が晴れていくわけだな。

あとはどんな機能が備わっているのか。

試しに拡大や縮小が可能か確認していくが……

（ダメだな。レベル1じゃ何もできないか）

まぁ、それも納得だ。

【地図作成】レベル1　任意に地図を開くことができる　魔力消費0

何せ詳細説明がこれしか書かれていないので、この地図画面を開くことこそがスキルレベル1で得られる効果になるのだろう。

そして上下左右へのスクロールを試みるも、視界全面に映る地図画面には一切動きがない。

ただただ俺の現在地が中心にあり、ほぼ点とも言える黄ばんだ白色が表示されているだけだ。

つまり、【地図作成】を取得したあの瞬間から、マッピングが開始されたということ。

ベザートやパルメラ内部といったそれまでの行動範囲は地図に反映されていないので、綺麗《きれい》に穴を埋めていくならどこかで一度戻らなければならないらしい。

今までの分まで表示されていれば、縮尺なんかも多少は摑《つか》めたんだろうけど、我儘《わがまま》を言ってもしょうがないし、それは明日ボイス湖畔に行った時にでも確認するとしよう。

とりあえず頭の中で『地図作成』もしくは『地図』と唱えれば、視界一杯にマッピング途中の縮図が現れ、自動マッピングは意識せずとも常時発動している。

今はここまで分かれば十分だ。

あとはBランク狩場に向けて、そろそろ本格的に準備を進めていきたいところだが……

その時ふと、頭の中から消えかけていた存在を思い出し、首元のネックレスを2つ引っ張り出す。

何か分かるかもと思ってアクセサリー屋で買った、攻撃力が『微小』と『小』上昇する2つのネックレス。

この検証自体は購入した翌日に終わっており、悲しいかな、ほとんど何も分からないということだけが判明していた。

まずネックレスを身に着けても、俺のステータス画面にプラスの能力値として反映されない。

これは武器や鎧《よろい》も、そのモノの能力値がステータス画面に反映されないことから、装備枠であればそういうものなんだろうと納得するしかなかった。

では、着けて実際に体感できるほどの影響があるのか？

ここが重要なわけだが、『微小』はおろか、『小』ですら首を傾《かし》げてしまうくらい、はっきりとした差は感じられず。

それもあって、ただなんとなく着けているだけ——というより、途中からは身に着けていることすら忘れていたわけだが……

（それでも、ステータスの底上げは基本〝塵積《チリツモ》〟だし、最低限『小』で揃《そろ》えるくらいはしておくか）

今までのような格下狩場ならまだしも、明らかに格上となれば話は別。

お守り程度の効果であろうと、重ねるだけ重ねて止《とど》めを刺すための力、継戦のための力に変えられるのなら変えておきたい。

だが、問題は少々金欠気味ということ。

店主のとんがり帽子が吹っ飛ぶくらい魔力ポーションを買い漁《あさ》っていたので、預けている分を含めてもあまりお金に余裕がなかった。

だと言うのに、今後の展開次第では、最悪そこその金が飛ぶ。

書状を使えば一発解決なのは分かっちゃいるけど、まだBランク魔物と張り合えるかも分からない状況で使いたくはないしなぁ……

まあ女神様達に学ぶべき道を教えてもらったことで、今までのようにバカスカ魔力を使う必要はなくなったのだ。

【物理防御力上昇】のレベルが上がるまで5日か6日、金はギリギリまでボイス湖畔で稼いでおくとして――

(あとはそれまでに、都合よく見つけられるかどうかだな)

そう結論付け、金貨袋の中身を確認してからアクセサリー屋へと向かった。

▽　▼　▽　▼　▽

「あんた！　商業ギルドから注文が入っている武器だってそろそろ手を付けないと……って、どうしたのさ、そんなところでボーッとして」

ここは大きなマルタの町でも一番と評判の装備屋――『コピー武具店』。

【鍛冶】スキルレベル7を所持する店主が経営するこの店は、Bランク素材を基にした装備を多数扱っており、また素材さえ持ち込めば一部のAランク素材まで手を加えてくれることもあって、国内外から製作依頼が入る繁盛店だった。

そのため、珍しく店先のカウンターで呆《ほう》けている夫に、買い物から帰ってきたばかりの妻は急《せ》かすよう檄《げき》を飛ばしたわけだが。

「あ、ああ、変な客がいてな……」

顎鬚《あごひげ》を撫で、首を傾げながら店の入り口を眺める夫に、妻は怪訝な表情を浮かべる。

「変な客って、冷やかしとかじゃなくて？」

「いや、恰好《かっこう》はボロボロだし、前にもやたらめったら値段とか性能を聞きに来たから、またかとは思ったんだが……今回はちゃんと買ってってったんだ」

「⁇　じゃあ何も問題ないじゃないか。ほら、ボサッとしてないで早く仕事に戻った戻った！」

妻は豪快に夫の背中を叩《たた》くと、ズカズカと夕食を作りに家の中へ入っていくが、それでも店主である夫は首を傾げたまま、暫《しば》しその場から動かなかった。

長く店をやっていて、あのような客を経験したことがなかったためだ。

「金を持っていたことにも驚きだが……あの子供、サイズの合わないアントアーマーなんて買ってどうするんだ？」

▽　▼　▽　▼　▽

「武器よし、防具よし、アクセサリーは【付与】だけ保留、ポーション類と、それに魔道具も問題なし、スキルは――……」

宿の自室にて、スキルと持ち物の最終確認をしていく。

【地図作成】を取得してから6日目。

無事【物理防御力上昇】のレベルも5に上がり、これでBランク狩場を目指す上での目標レベルは一通りクリアした。

もちろん上げようと思えばさらに上げられるが、これ以上となると日数が掛かり過ぎるからな。

今日挑み、駄目なら駄目で一度マルタを離れ、Dランク狩場を保有する『リプサム』と、それに必要ならさらに北上すればあるというCランク狩場でレベル上げと拾えるスキルを拾い、さらなるステータスの底上げを狙う。

ただそうなるとクイーンアントのレイド戦に参加する機会を失う可能性が高いので、欲を言えばこのまま参加基準を満たせるほどの強さをここで手に入れておきたい。

それに1日でも早く強くなれば、それだけ何かあっても自分の身を守れる確率は上がるわけだしな。

今後の安全と、それに成長の機会を得るためにも、今日という1日は物凄く重要で。

そのために準備を進めてきたのだから、ここはなんとしてでも成功させる――、絶対に。

パンッ!

「うし、行くか」

気合一発、自らの頬を両手で叩き、まだ人もまばらな夜明けの大通りを抜けてマルタの西へ。

途中からは【飛行】に切り替え、日課になっている魔力の具現化を練習しながら、徒歩なら4時間かかるという《デボアの大穴》に向かった。


そして約1時間後。


「……あれか」

目印となる遠方の山に向かって飛んでいると、緑一色という景色の中に1ヵ所だけ赤茶けた地肌と、底の見えない黒い穴がポッカリ空いた異様な地形が視界の先に見えてくる。

あれがデボアの大穴――通称『蟻《あり》の巣』か。

念のため少し距離を空けて着地すると、辺りは森というほどではない、赤やオレンジの果実が実る低木の多い一帯。

その一部に軽く盛り上がった丘があり、そこから緩く下るようにその大穴は存在していた。

車1台が余裕をもって通れるほどの幅と高さがあり、手彫りのトンネルのように見えるソレは想像していたよりもだいぶ大きい。

――【探査】――『ソルジャーアント』

――【探査】――『キラーアント』

――【探査】――『レヴィアント』

――【探査】――『ソルジャーアント』

そして、離れた位置から早速魔物の居場所――、というよりは距離を測る。

俺の【探査】は変わらずレベル1のまま。

射程は30mなので、小まめに位置を探ればそのまま対象との距離感も摑めるわけだ。

今から行う策はある程度の下準備がいるので、距離が近過ぎては俺の安全が確保できない。

「いた……踏み込んだ距離を考えると、入り口から40mくらいは奥……3、いや4匹……これが1つ目の部屋ってことか」

反応がかなり近い位置で固まっているこの状況は、あまり望ましいとは言えない。

それでも距離がしっかり確保できることに安堵《あんど》しつつ、早速下準備を進めていく。

極力音は立てず、静かに、素早く。

『大きな、穴を、形成』

まずは狩場の入り口から5mほどの広い範囲に深い穴を空ける。

そして。

『大きな、石壁を、生成』

出来上がった穴も含め、トンネルの内壁を石壁で覆った。

不格好であろうと、入り口付近に土が露出していなければそれでいい。

誰かが訪れれば、いきなり狩場の入り口が神殿のようになっていて驚くだろうが、この時期はほとんど人が訪れていないだろうからな。

それに時刻はまだ朝の5時頃。

わざわざ絶対に人がいないような時間帯を選んで来ているのだから、最後は穴さえ埋めておけば誰に迷惑を掛けるわけでもないだろう。

あとは魔力を回復させながら狩場の周囲に転がる木々と、ついでに効果があるかは不明だが、実っていた果実も穴の中に放り込んでおけば準備完了だ。

ふぅ――……

「さーて、いきますか」

――【気配察知】――

ミスリル合金の剣を抜き、慎重に穴の内部へ進んでいく。

そして壁にへばりつき、息を殺しながら10分ほどタイミングを窺《うかが》い――

――【挑発】――

まずは部屋から、1匹の蟻だけを引きずり出す。

【挑発】の範囲は20ｍ＋対象から半径2ｍ以内。

散々アンバーフロッグ相手に、この2ｍの感覚を摑む練習を繰り返してきたのだから、こんなところでしくじったりはしない。

「ギギ……ッ！」

ガサガサと、素早くこちらに向かってくる巨大な蟻を引きつけながら、入り口まで後退し――

――【飛行】――

地面を蹴り上げながら、自分が作った穴の上を飛ぶ。

あとは、ここで——

「来た……ッ！」

蟻がそのまま穴に落ちていく姿を見て、ようやく張り詰めた緊張感が幾分か和らいでいく。

失敗の可能性があるとすればここだった。

蟻の知能やデバフ抵抗が高く、【挑発】をしても穴に誘導できない場合、俺は身の安全を確保するため空へ逃げるしか方法がなくなる。

『炎火を、生み出せ』

だが、ここまでくればもう勝ち確のようなモノ。

放った【火魔法】が次第に穴の中を回っていく中、必死に石壁を這《は》い上がろうとするソルジャーアントに、宙から剣を振りかざして叩き落とす。

「はは……後発組ってのは楽なもんだなぁ」

少し動けば攻略のための情報がそこかしこに落ちているのだ。

蟻が穴を掘り、酸を吐くことも。

奥深くに潜らなければ、宙を飛ぶレヴィアントが出現しないことも。

それに火には強く、まともにやり合ったのではまだ勝てないことだって分かっていた。

「でも、そこから逃げられないだろ？」

土なら掘られて逃げられる可能性があるし、下手をすればどこからか増援が現れるかもしれないが、石で周囲を覆っていればその心配もない。

暫し、這い上がれないよう穴へ戻す作業を繰り返し、黒い外殻が変色し始めたのを確認してから、いよいよだなと剣を大きく振り被《かぶ》る。

『蟻の外殻は硬く火にも強いが、変色するほど長く熱を浴びるとモロくなる』

装備屋の店主が購入時の注意点として教えてくれた言葉。

だったら浴びせてやればいいんだ、俺の刃が貫けるところまで。

――【剣術】――『力刃』

「オラッ！」

「ギ、ギギ……ッ！」

今までの叩き落とすのとは違う。

【剣術】のアクティブスキルも使用した、叩き割らんとするほど力を込めた一撃は、予想通り外殻を貫いて奥深くへとめり込んでいき――


『レベルが18に上昇しました』

『レベルが19に上昇しました』

『レベルが20に上昇しました』


（……ッ！）

待ち望んでいたアナウンスが流れ始めたことで、成功を確信する。

『【呼応】Ｌｖ１を取得しました』
『【呼応】Ｌｖ２を取得しました』
『【呼応】Ｌｖ３を取得しました』

（もっとだ……）

止めを刺したのはたかが1匹。

『【酸液】Ｌｖ１を取得しました』
『【穴掘り】Ｌｖ１を取得しました』
『【穴掘り】Ｌｖ２を取得しました』

（もっと続け……ッ！）

それなのに、視界を流れるアナウンスが止まらない。

『【穴掘り】Ｌｖ３を取得しました』
『【穴掘り】Ｌｖ４を取得しました』

『【酸耐性】Ｌｖ１を取得しました』

そしてやっと、その動きが止まった時。

俺は最高潮に興奮しながらも、入り口に置いていた籠の中から一領の鎧――だったモノを取り出し。

「ふん！」

すぐに【剣術】スキルも使用した全力で、黒く光る鎧の一部を斬りつけた。

「ん～……まだ、足らないかな」

昨日よりは多少深く斬れているが、それでも致命傷には程遠い傷だ。

先ほどの感触を覚えているため、余計に正攻法での討伐はまだ難しいと知り、様々な検証によって原形すら留《とど》めていないモノを籠へ戻す。

これだって４５０万ビーケもした高級品。

加工品である必要もないため、本当は素材を卸す前のＢランクハンターと直接交渉したかったけど、一度もそんな姿を見かけなかったのだからしょうがない。

お陰で情報を得るのにだいぶ無駄なお金は使ってしまったが……

「ふふ……ふはは……」

１匹でも倒せれば、もうここから先は楽になっていくだけ。

この程度の金なんざ楽に回収することもできるだろう。

それに素材を持ち込んでいるハンターがここまでいないということは、クイーンアントのレイド戦間近まで、俺がほぼほぼ独占に近い形でこの狩場を使えるということ。

そんな夢のような環境が目の前に広がっていると思うと——

「滾るねぇ……！」

想像しただけで涎《よだれ》が垂れそうになってしまい、慌てて口元を拭う。

どこまで経験値と金を稼ぎ、自分を成長させられるのか。

俺は興奮冷めやらぬまま、再び穴の中へと侵入した。

あとがき

この度は、『行き着く先は勇者か魔王か　元・廃プレイヤーが征《い》く異世界攻略記』の３巻をご購入いただきありがとうございます。作者のニトです。

唐突ですが、趣味が高じてラノベ作家という肩書を得た身なので、私にも本業があるわけでして。

３巻から爆発的にオリジナル要素が増えてきたため、あれ？　これＷＥＢ版と書籍版どっちで話した内容だっけと、度々パルプンテを食らいつつ楽しく執筆しているわけですが、どうしても時間を取られる兼業作家をやっていて、それでも本気でやって良かったなと思うことが１つあります。

それは日本語の使い方。

ぜひ皆さんも機会があれば、物語を読むだけでなく、プロの校正が入った文章を真剣に読んでみてください。ちなみに私はこの手のファンタジー小説を長く読んでいたので、語彙力だって多少はあるだろうと思っていた恥ずかしい時期もありました。

が、実際は常習化していた誤用がゆうに１００以上はあり、今なおその気付きは増え続けています。知った上で過去の本業でのメールや作成した書面なんかを見ると、恥ずかしくて死にそうになりますが、こんな時代ですから大人になるほど誰からも教えてもらえません。

自分の中で当たり前だったモノほど気付いた時の衝撃は大きく、その分もう忘れることもないと思いますので、ぜひ時間がある時に文章、文字を意識しながら読んでみてくださいね。

では皆様、次は４巻か、もしくは２０２４年2月25日に発売予定のコミック２巻でお会いしましょう！

OVERLAP NOVELS

行き着く先は勇者か魔王か
元・廃プレイヤーが征く異世界攻略記 3

発行　2024年1月25日　初版第一刷発行

著者　ニト
イラスト　ゆーにっと
発行者　永田勝治
発行所　株式会社オーバーラップ
〒141-0031
東京都品川区西五反田8-1-5
校正・DTP　株式会社鷗来堂
印刷・製本　大日本印刷株式会社

ISBN 978-4-8240-0663-9 C0093

【オーバーラップ　カスタマーサポート】
電話　03-6219-0850
受付時間　10時～18時（土日祝日をのぞく）

作品のご感想、ファンレターをお待ちしています

あて先：〒141-0031　東京都品川区西五反田8-1-5 五反田光和ビル4階　ライトノベル編集部
「ニト」先生係／「ゆーにっと」先生係